# ホダセヴィチ詩集

ロシア詩篇
亡命詩篇

三好俊介〈編訳〉

春風社

ホダセヴィチ詩集——ロシア詩篇・亡命詩篇

目次

## Ⅲ　亡命詩篇　73

【補遺】ホダセヴィチによる回想（抄）

# Ⅰ　モスクワ詩篇

## 受動態《パッシヴム》

階段は枯葉で覆われた……
輝きのない野原は、なだらかに刈り取られた……
無限の疾風に深淵へと吹き上げられ
昼は秋の葉のように飛び立った。

つまりは、一本の糸、細い葉柄だけで
昼はこの世界にふわりと繋ぎとめられていたわけだ！
私の心に灯がともされた、
消されることも、揺るがされることもなく。

一九〇七年五月二七日、リジノ（ノヴゴロド県）

## 欠落

なんと繊細な苦しみだろうか――
すみわたる大気と春、
花咲く春の波濤、
そして腐朽をもたらす春の息吹は！

遠い声はなんとはかなく消えゆくのか
今夜の鎌の月はなんと細いのか
この欠落はなんとはっきり語っているのだろう、
今にまさる苦悩の時はないということを！

この緊迫した天国の空には
雷雨がきらめくことさえなく――

やがて僕らはぐったりとして閉じるのだ、
不意に輝きの失せた両の目を。

すると僕らの唇はさらに蒼白となり
死が世界に充満する、
さながら青い天の杯から
こぼれ落ちたエーテルのように。

一九一一年四月三日（または一〇日）

## 愛しき友に

さあ、奏でてくれ、一匹のコオロギよ！　さあ、歌え、炉端の友よ！
心やさしき小さな友よ、歌え！　私は聴こう——
　そうすれば、気楽な笑みも浮かび
　全てを思い出すかもしれない、いかに愛して生きたかを、

そして疲れきった心の中に幸福のときめきを
永遠に葬ったうえで、いかにその後を生きたかを——
　するとおそらく、その歌を聴きながら私は眠れるだろう。
　さあ、奏でてくれ！　コオロギと人間でも——

僕らは親友。暖かな暖炉のそばで
気ままに生きよう、生きるべし、気ままに奏でよう、奏でるべし、

そうすれば心は冷えて（青黒い灰の中の炭だ）、
そして過去はすべて――幻、反響、煙となる！

緩慢で不平のない炉端の生活のために
運命が気を利かせて僕らを巡り合わせてくれた。
だから歌え、奏でよ、かさこそと音をたてろ、心やさしき小さな友よ、
最後の火が消えてしまうまで！

一九一一年八月八日、ズヴェニゴロド（モスクワ近郊）

## 夕べ

赤き火星《マルス》が竜舌蘭《アガウェ》の上空に昇る、
だが、さらに麗しく我々の目に輝くのは――
かつては狡猾だったジェノヴァの
穏やかな交易の灯火。

山塊から海沿いに走る支脈は闇に消えゆき
埃と海、それにワインの匂いが漂う。
路上では帰りの遅れた驢馬《ろば》が
気が急くように鈴の音を響かせる……

万物の上で夜空が群青に染まるような
このような時刻に

まさにこのような驢馬の背でマリアは
狭苦しいベツレヘムを捨てたのではなかったか。

ひづめの音はせわしく、
ヨセフは遅れかけ、全身埃にまみれていたのだ……
貧しいユダヤ女性が関心など持てようか、エジプトや
他人の羊や、他人の土地に。

母親は泣いている。幼子は黒い婦人用マントの下で
眠たげな唇で乳房を探す、
そして、はるかに、はるかに彼方、椰子《やし》の上の星が
逃れゆく者らに道を示している。

一九一三年春

## 祈り

（連作詩「ネズミたち」から）

かつての情熱や胸騒ぎはすべて
永遠に忘れて秘匿せよ……
汝らに私は祈ろう、小さな神々、
善良なるわが守護者たちよ。

つつましい捧げ物を受け取り給え、
食卓で残ったチーズの切れ端だ……
もはや恐怖も不安も消え去った。
幸せが心の中に入ってくるのだ、まるで針のように。

一九一三年秋頃

## 冬

黒い霊柩馬車を飾る駝鳥の羽根のように
工場の煙が何本も揺れている。
漆黒の深淵から、夜明け前の闇の中から
別の闇の中へ、鳴き声をあげてカラスらが飛ぶ。
荷馬車の隊列がきしみながら酷寒のもと湯気を放つ、
そして、曲がった背中に梯子《はしご》をかつぎ
ひとりの点灯夫、つまり敏捷な悪魔が歩道を駆けてゆく……
ああ、この侘しさ、月に叫ぶ痩せこけた雄犬！
おまえは——時代の風だ、この風がわが耳を騒がせる！

一九一三年一二月

# 小川

見よ、太陽が
自身の真昼の魅力で、
干上がりゆく小川を誘惑するのを――
小川は唸っては、ため息をつき
露出した石の間を駆けながら
痩せ細ってゆく。

夕べが近づくと若い旅人がひとり
小声で歌をうたい、やってくる。
自分の杖を砂地に置いて
彼は片手で水をすくい
そして飲む――もう夜になった水流のただ中で

おのが運命も知らぬままに。

一九〇八年夏、ギレーエヴォ（モスクワ近郊）
一九一六年一月三〇日

# ペトロフスキー公園で

彼は揺れもせず、細い革紐《かわひも》の先に
ぶら下がっていた。
ずり落ちた帽子が
砂地の上に黒く見えていた。
握りしめた手のひらには
爪が食い込んでいた。

いっぽう、太陽は昇りながら
正午をめがけて疾走し、
この太陽の真正面で
まぶたを閉じることもなく
その人は空中に

高々と上げられていた。

眼光鋭く、鋭く、鋭く
彼は東を見つめていた。
下方には静まり返った輪の形に
人が群れていた。
そして、ほとんど見えはしなかったのだ、
あの細い革紐は。

一九一六年一一月二七日

## 穀粒の道を

種まく人がなだらかな畝をゆく。
彼の父も祖父も同じ道を歩いてきた。

金色に輝く穀粒が彼の手の中にあるが、
その穀粒は黒い土の下に落ちねばならない。

そして盲いたミミズが通路を穿《うが》つ場所で
穀粒は定められた時期に死に、そして発芽する。

まさにそのように、わが魂も穀粒の道をゆく。
闇の中に降りて、死んで――そして蘇る。

私の国よ、そして、その民よ、汝らも
死んで蘇るだろう、この一年を突き抜けた後に――
命ある者はすべて穀粒の道をゆくという叡智が、
等しく我々に与えられているのだから。

一九一七年一二月二三日

## （無題）

雨あがりの夜は暖かく、甘い香りがする。
白い雨雲の切れ目を月がすばやく駆けてゆく。
　湿った草むらではウズラクイナが鳴きやまない。

ほら、狡猾な唇に、唇がはじめて重なり合う。
ほら、きみに触れた僕の手は震えている……
　あの時から十六年しか経っていないのだ。

一九一八年一月八日

## 音楽

一晩じゅう吹雪いたけれど、朝には晴れた。
まだ日曜のけだるさが体中をさまよい、
ベレシキの生神女《しょうしんじょ》福音教会では昼課が
いまだに終わらない。僕は中庭に出てゆく。
なんと全てが小さいのだ、家屋も
屋根の上にたなびく煙にしても！　酷寒の蒸気は
薔薇色がかった銀に染まる。蒸気の柱は何本も
家々の背後から天蓋の際までたち昇り
まるで巨大な天使らの翼のようだ。
そして不意に現れた彼もとても小さく見えたのだ、
堂々たる体躯の我が隣人、セルゲイ・イワーヌィチだ。
毛皮の半外套をまとい、防寒長靴をはいた彼は

周りの雪のうえに薪《まき》を放り投げると
体に力を込めて、両の腕で
重たい薪割り斧を頭上に
振り上げるのだが――コン！　コン！　コン！――音が
響かない。空と雪と寒さが
音を吸ってしまう……。「祝日おめでとう、お隣さん」。
――「あ、こんにちは！」。僕も自分の
薪を並べる。彼は――コン！　僕も――コン！　でも、すぐに
僕は飽きてしまい、背筋を伸ばしながら
こう話しかける――「ちょっと待って、
音楽じゃないですか？」。セルゲイ・イワーヌィチは
手を止めて、こころもち顔を
上げてみるのだが、何も聞こえない。
それでも、一心に耳をすましている……。「たぶん、

気のせいですな」と彼。──「何ですって、
よく聞いてくださいよ。こんなによく聞こえますよ！」
彼はふたたび耳をすます──「うーん、ひょっとすると
軍人の葬式かな。ただ、なぜだか、
私には聞こえないんだ」。でも、僕は引き下がらない──
「えっ、もうはっきり聞こえるじゃないですか。
なんだか上のほうから響いてくるようだ。
チェロ……それにハープかな……
素晴らしい演奏だ！　静かに！」。
あわれなわがセルゲイ・イワーヌィチはまた
薪割りをやめる。何も聞こえないのに
僕の邪魔をしたくなくて、不平の色もみせず
我慢している。愉快な光景。
聞こえない交響楽を乱してはいけないと

庭の真中で棒立ちの彼だ。しまいに僕は
彼が気の毒になってくる。
僕は宣言する――「終わった」。僕らはまた
斧をつかむ。カーン！　カーン！　カーン！……空は
相変わらず高く、相変わらず
羽根のある天使たちが輝いている。

一九二〇年一月―六月一五日

# Ⅱ　ペテルブルク詩篇

## 曲芸師

影絵への添え書き

屋根から屋根へと張り渡された一本の綱。
曲芸師が軽々と静かに歩いてゆく。

両手には竿、全身は――まるで天秤、
観衆が下から鼻を突き上げている。

ひしめき合って、ささやくのだ、「ほら落ちるぞ！」と――
めいめいが胸を騒がせて何かを待つ。

右方には――窓からのぞくお婆さん、
左方には――ワイングラスを持つのらくら者。

しかし空は澄みきって、綱はぴんと張っている。
曲芸師は軽々と静かに歩いてゆく。

もしも、しくじった軽業師が落ちてしまい
白々しくも人々が「ああ」と叫んで十字を切るならば――

詩人よ、そしらぬ顔で通り過ぎるがいい、
きみ自身の生業も同じようなものではないか。

一九一三年末頃
一九二一年加筆

## 魂

わが魂は——満月のようだ。
冷ややかで明るい。

高みで勝手に燃える、燃えてはいるが——
私の涙を乾かしてはくれまい。

私が災難に逢おうが魂は痛みを感じず、
わが熱情のうめきは魂には聞こえない。

ここで私がどんなに苦しむことになったのか——
輝く魂にとっては知る価値もない。

一九二一年一月四日

## （無題）

哀れなわがプシュケー！
おどおどと息を殺すばかりで、
耳をすます勇気も意志もない。
聴き入るのがそれほど怖ろしいのだ、
日々の苛《さいな》むがごとき夜更けに
静寂が予言するものに。

ああ！　なぜ万物の眠るとき
霊感は、おのが巫女《ピュティア》のことばを
プシュケーに繰り返すのか。
秘められたものを聴きとる天与の能力は重たくて
ありきたりの魂には耐え難い。

プシュケーはその能力を背負って墜ちてゆく。

一九二一年四月四日

## （無題）

たとえ過去など惜しくなく
未来が不要であろうとも――
毒を含んだ喜びで私は見通すのだ、
近寄せられた遠い時代を。
公正なる世紀が全員に、等しい運命と
同じ目方のパンを量り分けるだろう。
だが、従順な人間も時には
空に目をやることがある――
すると孤独が騒ぎはじめて
誇りが魂を鼓舞するだろう。
その人は不等式の価値を知り
大胆さに惹かれてゆく……

まさにそのように今日も草が伸びてゆく、
花崗岩の敷石の割れ目を突き抜けて。

一九二〇年夏、モスクワ
一九二一年四月二二日、ペテルブルク

## 日記から

あらゆる音響がわが聴覚をさいなみ、
あらゆる光に目は耐えられない。
魂が突き出てくる、
腫れた歯茎を破って歯が生えるように。

突き出てしまうと——投げ捨てるだろう、
着古した殻を。
千の目を見開き——夜闇の中へ沈んでゆく、
こんな灰色の半端な夜の中へではなく。

だが、私は相変わらずここに横たわり——
暴漢に刺された銀行家さながらに——

両手で傷口を押さえ
叫び、きみらの世界でのたうちつづける。

一九二一年六月一〇日

## 客に

私を訪ねるなら手土産は夢にしてほしい。
あるいは悪魔の美でもよいし
あるいは神でもよいのだ、もし君も神の国の者ならば。
ちっぽけな善意なら
帽子のように玄関で脱いでくることだ。

豆粒のようなこの土地に現れるのは
天使か、さもなくば鬼神であれ。
人間などは――そもそも人間の取り柄とは
その存在を忘れてよいことにありはしまいか。

一九二一年七月七日

# あらし

あらしよ！　おまえは怒り狂った水の面で
大艦隊《アルマダ》をも追い立てて
雨雲を集め、マストをたわませ
塵芥を天まで吹きあげる。

おまえは数々の川を遡行させ
海原《わだつみ》を巨岩へとなげうち
おばあさんからぼろぼろの
裏返った傘をもぎ取ってしまう。

太古の森をなぎ倒し
種まきの済んだ畑をあられで打つ――

おまえが喜びも悲しみももたらさぬのは
ただ賢き者らのみ。

賢き者は窓辺に歩み寄り
雷雨の打つのをちらりと見て――
そしてゆっくりと、
ものを見すぎた両目を閉じてゆく。

一九二一年七月一三日

## （無題）

私は人も自然も好きなのだが
出歩くのは好まない。
わが作品は人々に真に理解はされないと
確信している。

多くは求めず、静かに眺めているわけだ、
吝嗇《りんしょく》な運命が与える物を。つまり
納屋にもたれる楡《にれ》の木や
森に覆われた丘の辺を……

耳障りな名声も、そして迫害も
私は同時代人に求めない。

ただテラスの周りと庭先で
ひとりでライラックを刈り込むだけだ。

一九二一年七月一五―一六日

## 窓の外（第一）

今日はとても愉快な日。
強情な馬が御者をふりきり
力のかぎり逃げていった。
男の子が凧《たこ》を放してしまった。
鼻のないニコラヴナから
泥棒がひよこを一羽くすねていった。

だが――あつかましい泥棒は追いつかれ
凧は隣の庭に墜落して
男の子は靭皮《じんぴ》の尾を修繕し
そして馬は連れ戻されてゆく。
元どおりの整然のうちに

私の静かな地獄が立ちあがる。

一九二一年七月二三日

## 窓の外（第二）

ずっと私は待っている、狂乱した自動車が
だれかを轢いてしまうのを。
蒼白な見物人は血で染めるだろう、
木煉瓦《もくれんが》の舗道に積もる乾いた埃を。

それが起点だ、始まるのだ、
動揺、反転、災厄が。
星がひとつ、地上に転落して
水は苦くなる。

魂をいま締めつけている眠りがとぎれ、
私の望むすべてが始まると、

太陽を天使たちが消してしまうだろう、
夜が明けて――不要となった蝋燭のように。

一九二一年八月一一日、ベリスコエ・ウスチエ（プスコフ県）

## コルク栓

濃いヨードの瓶のコルク栓よ！
なんと速やかにおまえは朽ちてしまったのか！
まさにそのように、魂はひそやかに
身体を焦がし、蝕んでゆく。

一九二一年九月一七日、ベリスコエ・ウスチエ

# たそがれ

雪が深々と積もった。すべてが静まり、黙してゆく。
ひとけのない建物が小路に沿って延びている。
ほら、男が一人歩いてくる。ナイフでぐさりとやるのだ——
彼は塀にもたれるだろう、呻き声もあげずに。
それから、くずおれて、うつぶせに横たわる。
雪まじりの微風の吐息と
辛うじて感じとられる夕刻の煙が
素晴らしき安らぎを予告して
彼の上で自由に舞いはじめるだろう。
すると、人々が黒蟻のように
街路や中庭から走り寄り、我々の間に立つだろう。
なぜ殺した、どうやって殺した、と訊ねるだろうが——

誰にも理解はできまい、私がどんなに彼を愛したのかを。

一九二一年一一月五日

## バッコス

魔法使いのように私はやってくる、
春のあらしを突き抜けて。
みなさんへの手土産は
アジア産の滝木のつるだ。

この不思議な枝を接木するのだ。
そして、時がきたら
命をもたらすわが果汁を
清浄な杯に注ぎ分けるがいい。

妻に注いで、自分も飲み
うら若き娘らにも注いでやることだ。

私も黄金の杖をたずさえて
あなたがたの間にいるだろう。

歌う者らに私は歌を教え
晴れやかな喧騒のうちに眩暈《めまい》へと導き
かすんだ目に映るものすべてを
驚くほどに変貌させるだろう。

すると、見えない物事について知る力が
あなたがたに与えられる。
もう老いも、墓も
わが子らを悩ますことはない。

みなさんを咬みはしないのだ、蛇も

そして悲しみも——酔いがまわり
幸福なる者全員が
緑の寝床に倒れ伏すまで。

私はといえば——快活な足取りで
薔薇色に染まる霧の中へと去ってゆく。
いくら飲んでも——酔うことはなく
ただ自分自身にだけ酔いながら。

一九二二年一一月八日

## バラード

上から明かりを浴びて、丸い自室に
僕は座っている。
十六燭光の太陽のもとで
漆喰《しっくい》の空を眺めている。

まわりには――やはり明かりを浴びた
椅子に机、そして寝台。
僕は座っている――なんだか
落ち着かず、困惑する。

凍てつく白い椰子《やし》が
窓ガラスに音もなく花ひらく。

時計がチョッキのポケットで
金属音を立てている。

ああ、出口なきわが人生に
すっかり染みついた赤貧よ！
わが身やこれらの持ち物すべての
哀れを物語る相手さえいない。

そこで僕は膝を抱えて
揺れはじめる。
そして突然、我を忘れて
詩によって自分と話しはじめる。

とりとめなく熱っぽい口調！

まったく理解不能だが
響きは意味以上に真に迫り
何にもまして力強い言葉だ。

すると、音楽、音楽、音楽が
わが歌声に編みこまれてゆき
薄い、薄い、薄い
刃が僕に食い込んでゆく。

僕は自分の上に伸びてゆき
死せる存在の上に立ちあがり
地底の炎を踏みしめ
流星群の中に額を突き入れる。

大きく見開いた両の目——
それは蛇の目かもしれない——で眺めれば
わが薄幸なる持ち物が
荒ぶる歌に聴き入っている。

流れるような円舞を
部屋じゅうが拍子をとって舞いはじめる。
そして誰かが重い竪琴を
風を突き抜けて僕の両手に渡してくる。

すると漆喰の空も
十六燭光の太陽も消え失せて
滑らかな黒い岩肌を
踏みしめているのは——オルフェウスだ。

一九二二年一二月九―一三日

## （無題）

貴婦人《レディー》は長いこと手を洗った、
貴婦人はごしごしと手をこすった。
この貴婦人は忘れなかった、
血にまみれた喉を。

貴婦人《レディー》よ、貴婦人《レディー》よ！　あなたは鳥のように
眠れぬ床で悶えている。
あなたが眠れなくなってはや三百年――
私もここ六年ほどは眠れない。

一九二三年一月九日

## （無題）

踏み越えよ、跳ね越えよ、
飛び越えよ、どう越えようがかまわぬが――
勢いよく離脱せよ、投石器の石のように、
夜のなかを転落する星のように……
自分で失くしたのだから――さあ探せ……

鼻眼鏡や鍵を探していると
妙な独り言をつぶやいてしまうものだ。

一九二二年春
一九二三年一月一一日

## （無題）

母ではなく、トゥーラの農婦の
エレーナ・クジナに私は養われた。彼女は
赤子の私をくるむ布を暖炉で温め
寝る前には悪夢を見ぬよう十字を切ってくれた。

彼女は民話を知らず、歌うこともなかったが
そのかわり、ブリキを張った先祖伝来の貴重品箱に
ヴャジマの糖蜜菓子《プリャニク》や馬形のハッカ菓子を
私のためにいつも入れておいてくれた。

彼女は祈りの仕方は教えなかったが
全てを惜しげもなく私に与えてくれた——

自らの痛ましき母性も、
自身にとって大切なもの全ても。

あるとき私が窓から落ちたのに
死ぬことなく立ち上がると（その日の記憶の鮮烈なこと！）、
一命をとりとめたお礼にと、彼女は唯一その時だけ、
半コペイカの蝋燭をイーヴェルスカヤ礼拝堂に供えたのだった。

そう、ロシアよ、この「威容とどろく大国」よ、
あのひとの乳首をしゃぶりながら
私は、おまえを愛して呪う
辛い権利を吸い取った。

時を分かたず私の奉仕する

誉れある偉業、うたの幸せにおいて、
わが教師となるのはおまえの宿す奇跡の力、
その舞台は魔力あるおまえの言語。

そして、おまえの虚弱なる息子らを前に
私はまだ時おり誇ることができるのだ、
幾世紀もの遺産であるこの言語を
私はますます愛して、熱烈に守り育てているのだと……

歳月は走り去る。未来が不要となり
過去が胸の内で焼き尽くされた今となっても、
私には寄る辺が一つあるという
ひそかな喜びが、まだ生きている。

その寄る辺では、蛆に食われた心臓に
私への朽ちることなき愛情を抱きつつ、
皇帝のホディンカの客人らと並んで
わが乳母エレーナ・クジナが眠るのだ。

一九一七年二月一二日、モスクワ
一九二二年三月二日、ペテルブルク

# 証拠

おぼろげな、ひとしれぬ姿で
月の高みで瞬いていたのだが、
具現化されて、からだをえて
いまや僕の前に姿を現しはじめた。

すると、ほら――上品な会話の最中に
僕はふいに、呆気にとられた顔で
自分の肩にとりのこされた
細く長い、一本の毛髪を取りのける。

そこで客は、ティーグラスの向こうから
にやりと横目で僕を見やる。

僕はというと、それを見て、こう悟るのだ、
おずおずとスプーンを鳴らしながら。——

至福なるかな、出口なき深い眠りの中に
夢想によって引き込まれ
そして突然に自ずから、
この世ならぬ幸福の、証拠を暴かれた者は。

一九二二年三月七—一〇日

## （無題）

地上の美を私は信じない、
この世界の真実も欲しない。
口づけする女《ひと》には
普通の幸せは教えない。

柔らかな人肌に
私のナイフが真赤な縒《よ》り糸を通してゆくのだ、
わが唇の触れた肩に
再び翼が生え出るように！

一九二二年三月二七日

# 三月

やわらかく、ぬかるんで、膨らんだ。
湿気でこんなに息苦しい。
わが身を映す歩道に僕らは見入る。ガラスに見入るように。
空を見れば――空には雨と靄《もや》……

不思議ではないか。踏みつけにされた低きものの中に
いまや僕らは自らの高貴な容貌を見出すのに、
近い、あまりにも近いあの空には
地上にも存在するものしかないのだから。

一九二二年三月三〇日

# （無題）

秘められた幻力《マーヤー》の覆いを
持ち上げるのは僕の手に余る。
だが、きみの拡大した瞳孔に
映る世界は驚くべきものだ。

そこでは不可思議な結合のうちに
現れるのだ、恋と街路が。つまり
天上の炎の燃焼と
単なる――春の融解が。

そこでは光にみちた宇宙が生まれてゆく、
揺れる睫毛のとばりの下で。

その宇宙は回転して花開くのだ、
自転車のスポークの星となって。

一九二二年四月二三―二四日

# Ⅲ　亡命詩篇

## （無題）

粗野な生業《なりわい》を眺めていても
僕には確かにわかるのだ、我らは天国にいるのだと……
ごくふつうの漁師が櫂《かい》と、さびた錨《いかり》を
腰掛へと放り投げる。

それから、仲間と二人で砂浜から
重たい小舟を押し出して
晩の漁のためにかなたへと
太陽に向かって漕ぎ去ってゆく。

そして、目が痛くて僕らには見づらい場所、
波が空の果てに打ち当たる場所で

三角形の高い帆を
軽々と彼はかかげるのだ。

すると、はるかかなたに
ばら色の羽毛でできた翼がそそり立つ。
きみは言うだろう——あれは背の高い天使が
どっしりと水面を踏みしめたのだと。

そして、悠然とした足取りで
ほかの天使らがそこに歩み寄る。
丸みをおびた翼で
海上の煙色の闇を揺るがしながら。

密雲は湧きあがり

何かを見張るように天使らが立ちあがる。——
だれが信じようか、その場所に
ごくふつうの網や小舟が漂っているなどと。

一九二二年八月一九—二〇日、ミスドロイ

## ベルリン的

なに、大丈夫。悪寒や風邪なら——
熱いグロッグかブランデーが薬になる。
こちら側では音楽と、食器の音、
紫がかった薄暗がり。

一方あちら側、厚くて巨大な
よく磨かれたガラスの向こうでは
まるで暗い水槽の中のように、
淡青色の水槽の中のように——

多くの目をもつ路面電車が
水中の菩提樹を縫って泳いでいる、

さながら蛍光を放つ、けだるげな魚の
電気仕掛けの群れのように。

そこでは僕のテーブルの表面が
深夜の頽廃の中へと滑りこもうとして、
こちらとは無関係の
車体の窓ガラスに映っている――

すると、異郷の生活に浸透しようとする僕は
ふと気づいてぞっとするのだ、
自分の頭が切り落とされて絶命し
真夜中のようになったことに。

一九二二年九月一四―二四日、ベルリン

## （無題）

疲れ果てて私は寝床から起き上がる。
夜中に神と格闘したわけではなく――
ひそかに私を突き抜けていたのだ、
じりじりと刺すビーム波が。

モスクワの放つ決起の呼びかけや
取引所での世界各国の会話が
体内のどこかに生きていて
まだ脈管を走るような気がする。

メルボルンの夜の喧騒と
魂の夜半の知識が

大音量で支離滅裂に
わが静寂のただ中で交錯した。

誰かの名前や数字が、
切開された脳に突き刺さる。
大洋の雷雨の放電は、
押し黙った記号の中に流れこむ。

歩いていても——誰にも聞こえない騒音が
私には聞こえて、ぞっとする。
両手で耳を覆っても——
やはり同じ音がする！　それなのに……

ああ、ヨーロッパの無知なる息子たちよ、

自ら気づいてほしいのだ、
知らぬ間に今もなお
あなた方を貫くビームの正体に！

一九二三年二月五―一〇日、ザーロウ

## 水車小屋

人里離れた土地に
忘れられたように立つ水車小屋。
荷馬車が立ち寄ることもなく
小屋への道は
草むらに覆われている。

青い川面に
小魚が跳ねることはない。
階段をきしませながら、
赤い布帽子をかぶった
年老いた小屋の主人が降りてくる。

しばし立ち止まり、耳をすまして——
脅かすように彼は遠くを指差すのだ、
そこでは森の向こうから一筋の煙が
細い綱さながら渦を巻いて
人家の上空に昇りはじめた。

しばし立ち止まり、耳をすまして——
階段をきしませながら
彼は戻ってゆく、
動かすことのない挽き臼の
様子を見るために。

石臼は穀物や粥のために
せっせと働いた。

どれだけ投げ込まれ、
どれだけ挽いたろう。
だが、いまや安息の時！

小屋の主人には、いまや――
森と静寂、
夕方には煙草のパイプに
酒のグラス
そして窓の月。

一九二〇年春、モスクワ
一九二三年三月一三日、ザーロウ

# （無題）

春の無駄口で緩みはしないのだ、
厳しく引き締まった詩行というものは。
不協和音に満ちた諸世界の
鉄の軋《きし》みが、私には気に入った。

あんぐりと開いた母音接続に呑まれれば
私は楽に、自由に呼吸ができる。
子音の群れに囲まれて目に浮かぶのは——
積み上がった浮氷のひしめき合いだ。

私には愛おしい——錫《すず》の雨雲から下る
折れ曲がった矢の雷撃が。

歌うような、きしるような
電動ノコギリの金属音もよいものだ。

そして、この生活において
あらゆる和音の美より私にとって貴重なのは――
肌を走りだした震え、
あるいは恐怖の冷たい汗、

あるいは、こんな夢だ、かつては一つだった私が――
爆発しながら四方に飛ぶのだ、
タイヤに跳ね飛ばされて
ゆかりのない存在圏へと散る泥のように。

一九二三年三月二四―二七日、ザーロウ

## 盲人

杖で行く手を探りながら
よろよろと当てずっぽうに盲人が行く、
用心ぶかく片足を踏み出しては
何事か独り言をつぶやく。
その白濁した瞳の表面には
全世界が映っている――
家屋、野原、垣根、牛、
青い空の切れ端――つまり
彼には見えないもの全てが。

一九二二年一〇月八日、ベルリン
一九二三年四月一〇日、ザーロウ

## （無題）

神は在られる！　知を尊び不可解《ザーウミ》を嫌う私は
わが詩行の合間を歩きまわるのだ、
慎ましやかな修道僧の間を巡り歩く
峻厳な修道院長のように。
従順な家畜の群れを
花咲く杖を手に私は放牧する。
秘められた園の鍵が
私の腰帯で鳴っている。
私は――希望を胸に考え、そして語る者である。
理解不能な歌をうたうのは
おそらく、神の前に立つ天使だけだ――
神など知らない家畜も

理解不能な声で鳴き、吠えるものだ。
だが私は――輝く天使ではないし
獰猛な蛇でも、愚鈍な牛でもない。
私が好むのは、代々受け継がれた
わが人間の言葉。つまり
人の言葉の厳しい自由と
複雑きわまるその法則……
ああ、私のいまわの際の呻きは
明快な頌詩《オード》であってほしい！

一九二三年二月四日―五月一三日、ザーロウ

## （無題）

すべてが石造り。石造の吹き抜けの中へと
夜が去っていく。アパートの入口や門の脇には——
彫像のように——何組かのひっついた男女。
重苦しいため息。重苦しい葉巻の匂い。
鍵が石に落ちる音がして、かんぬきが鳴る。
石のうえを五時まで歩きたまえ、
待つがいい、ベルリンの巨体の割れ目に沿って
烈風がオカリナをひと吹きするだろう——

すると、粗暴な一日が家並みの向こうから昇るだろう、
ロシアの諸都市の継母のうえに。

一九二三年九月二三日、ベルリン

## 鏡の前で

人生の道なかばで＊

僕《ヤー》、僕《ヤー》、僕《ヤー》。なんと粗野な言葉だろう！
そこにいるのは僕なのか。
本当に母さんは愛したのか、
黄灰色の肌をした、半ば白髪で
蛇のように全知のこんな人間を。

夏のオスタンキノ、
別荘地の舞踏会で踊っていたあの少年が——
僕なのか。なにか答えるたびに
くちばしの黄色い詩人たちに
嫌悪と憎悪と恐怖を呼び起こす、この僕だというのか。

いかにも子供らしく
真夜中の議論に熱をあげていたあの彼が——
僕なのか。痛ましい話題には
沈黙しておどける癖をつけた
この僕と同じ人だというのか。

とはいえ——常にこんなものだ、
つらい人生行路の半ばというのは。
些細な因果の間をさまよって、
気がつけば——砂漠のなかで道に迷い
自分の足跡も見つからない。

そう、私はパリの屋根裏部屋に、

跳躍する豹《ひょう》に追われたわけではない。
私の背後にウェルギリウスはいない――
ただ孤独だけがある――
真実を語るガラス板の中に。

一九二四年七月一八―二三日、パリ

*（訳注）―エピグラフは、ダンテ『神曲』の冒頭一行。

## バラード

私は自分を抑えられない、
いっそ正気を失いたい、
目のまえで、子を宿した妻と連れ立って
腕の無い男が映画館に行くのだから。

天使が私に竪琴を手渡してくる、
世界は私にとってガラスのように透明だ――
いっぽう男はもう、チャップリンの滑稽芝居を
ぽかんと眺めている。

どうして自分の目立たぬ人生を
そんな不平等のうちに送らねばならぬのか、

片方の袖が空っぽの
邪念のない、おとなしい人間が。

私は正気を失いたい、
目のまえで、子を宿した妻と連れ立って
腕のない男が映画館を出て
家路をたどってゆくのだから。

そのとき私は長い叫び声をあげて
革の鞭を手に取ると
力まかせに天使たちを打つ、
すると天使たちは電線を通り抜け、
街の上空に舞いあがるのだ、

いつかヴェネツィアの広場で
わが恋人の足元から
おびえた鳩たちが飛び去ったように。

そこで丁寧な仕草で帽子をとり
私は腕のない男に歩み寄る。
そっと袖に触れて
こんなことを言う。

「ちょっと《パルドン》失礼《ムッシュー》。いつか地獄で、
思い上がった人生の
当然の報いを私が受けて、
あなたのほうは天国で奥様と、

穏やかに住まわれ
地上の浮世を観照し
妙なる歌声を聴き
白い翼を輝かせているとき――

その涼しい高みから私に
一枚の羽根を投げ降ろしてほしいのです、
雪のかけらのようにその羽根が
焼かれた胸の上に落ちるように」。

腕のない男は私のまえで歩みを止め、
かすかにほほ笑むと、
山高帽を持ちあげることもなく
妻とともに遠ざかってゆく。

一九二五年六月、パリ—同年八月一七日、ムードン（パリ近郊）

## ペテルブルク

かの地では惨めで単調な災厄に
人々は服従し、疲れきっていた。
私だけが半死半生の誘惑となって、
不安気な人々の間を歩きまわった。

私を見つめていると——人々は忘れてしまった、
やかんが沸騰しているのを。
暖炉に干した防寒長靴が燃えたものだ。
皆が私の詩に聴き入っていた。

すると、あの棺の闇、ロシアの闇の中でも
私には、花をまとう予言の女が現れて、

足を払う烈風のさなか
わが前方に楽の音の調和が開けるのだった。

幻に陶然とするそんな日々には
私は凍てつく運河を越え
欠けた階段に足を滑らせつつ
悪臭のする鱈《たら》を引きずって行った、

そして散文を突き抜けるべく、あらゆる詩行を駆り立て、
すべての行を脱臼させながらも、
それでも私は古典の薔薇を
ソビエトの若木に接木しおおせた。

一九二五年一二月一二日、シャヴィル（パリ近郊）

## ソレントの写真

思い出というのは勝手なもの
そして抑えがきかぬもの。それは――
節くれだったオリーヴにも似て
何をどうしようとも、押しとどめられない。
ふうがわりな枝々を
獰猛な照応の結節によって
解きがたく絡み合わせ――
そうして生きて、育ってゆく。

うっかり者の写真家は時として
撮影回数とフィルムに残るコマ数を忘れ、
カプリ島で白い子ヤギらと一緒に

友人たちを撮ったのちに――
すぐその場で、フィルムを取り換えないまま、
汽船の船尾の向こうに広がる
湾の遠景や、
煙の乱れ髪を額にまとう
煤だらけの煙突を撮影してしまう。
この冬に私の友人が
それをやらかした。彼の前にあった
水面、人影、煙は
混濁したネガの表面で交ざり合った。
彼の友人がひとり
半透明の軽やかな体で
巨大な岩山の輪郭に覆いかぶさり、
空へと脚を跳ね上げた子ヤギは

ヴェスヴィオ山を小さな角で突いていた……
子ヤギなど好きではない私
（イタリア風ピクニックも然り）だが――
二つの組み合わさった世界の
この痕跡は気に入った。
幻影を内に秘めながら
わが人生もそのように流れているのだから。

私が見ているのは岩肌とリュウゼツランなのに
その内部、その裏側、その合間には――
丈が低くて貧相な一棟の家屋、つまり
洗濯女や仕立屋らの住処が見える。
どんなに目をそらそうとしても
その家屋はなお私の眼前にちらついて、

まるで濁ったモスクワ川の
岸辺の斜面を這い降りるかのようだ。
そして緑ふかき荘厳な
アマルフィの峠に
その家屋はみすぼらしい影となって不意にかぶさり、
物乞いの足取りで、
冷え固まった溶岩の地層を踏みしめた。

半地下部屋の扉が開け放たれ
深い悲嘆のうちに
四人の洗濯女が半身になり
板で造った棺を何枚かの葬祭用布地で支え
入口の間から中庭へ引き出そうとする。
棺の中には——床掃除が生業のサヴェリエフ。

彼が着ているのは、よれよれになった縞模様の
ジャケットだ。赤茶色の顎髭のすぐ下では
聖像画《イコン》が胸に置かれている。
「さあ、オリガよ、もういいだろう。出るんだ」。
すると洗濯女のオリガは手すりを
がっしりとした手でつかみ
出てゆく。そして泣き歌をはじめた。
女の号泣に合わせて葬列は
ゆっくりと中庭の外へと進みだした。
棘のあるリュウゼツランを透過して
彼らは門を出てゆき、
床磨きを生業とした人の縮れ毛の額が
瑠璃色の空気の中を漂ってゆく。
そして、この夢想から覚めぬまま

私自身も、オリーヴの茂る庭園で、
輪郭のぼやけた葬列の後についてゆくのだ、
それとは無縁の石につまずきながら。

*

オートバイがきれぎれの鋭い音をたてて
勢いよく発進した。岩棚に映える
ヘッドライトの光が震え、
はぜては唸る反響が
私たちを追って駆けだした。
ソレントは湿った山塊に抱かれて眠る。
私たちはそこに騒々しく闖入《ちんにゅう》して
停止した。聞こえる水音は
いくつかある遠くの滝からだ。

聖金曜日にはいつも
目にみえて世界が虚ろになり、
冥府の神《ハーデース》の、古代の風が吹いて、
月が欠けてゆく。
今夜の月は雲の中だ。
湿った街路はくすんでいる。
深夜営業の居酒屋《オステリア》がただ一軒
黄色い火影を放つ。
髪をくしゃくしゃにした居酒屋の主人が
肘をついてまどろんでいる。
その間にも町外れからはもう
くぐもった歌声が飛来して、
遠くでカーブする一筋の街路は
幾本もの蝋燭で照らされている。

黒い帆さながらに、家屋の間を
ずっしりと重い房《ふさ》のついた
大きな旗を掲げて人々が通り過ぎた。
そして、この聖週間の全てを
私たちが直に見ることができるようにと
鞭と、緋色のマント、
イバラを丸めた冠、
錆びた釘の束、
それに梯子《はしご》と金槌も運ばれてゆく。

だが、歌声はさらに近づき、もうはっきりと聴きとれる。
群集は黒い塊となって揺れるのだが、
その頭上であの女《ひと》だけが
火の輪に照らされて

絹と薔薇に埋まり
不動の慈しみを御顔に浮かべ
至高の冠をかぶり
空中を進むのだ、高い背をまっすぐ伸ばしてその女《ひと》は
両の掌をしっかりと合わせ
蝋でできた小さな手には
涙をぬぐうレースのハンカチを握る。
だが、人間の取るに足らぬ動揺などで
その曇りなき顔立ちが揺らぐことはない。
だからこそ彼女の足下に
飛び来たるのではないか、さまざまな祈りや夢や、
恋の瀆神的な薔薇、
そして、大いなる充足感からの――
人々の甘美な涙が。

白髪頭の居酒屋《オステリア》の主人が
店の戸口まで出てきた。
彼はマリア像に微笑みかける。
マリアよ！　彼に微笑まれよ！

だが、通り過ぎた。あの女《ひと》はもう聖堂の内で
火の束と、響きわたる合唱のただ中にある。
ややまばらとなった群集の頭上には
淡青色の曙光が舞っている。
朝焼けで化粧したかのように
人々の顔立ちがはっきりと見えてきた。
尖った山頂の上空には
明けの明星が輝いている……

＊

オートバイは岩肌の真下を
うねる軌跡を描いて飛んでゆく。
ひとつカーブを越えるたびに
湾はいっそう広々と、目の前に展開する。
朝焼けに燃え、風に波立ち
湾はますます魅惑と生彩をまとうのだ。
私たちが右へと疾走すると
岸辺は左に走り、
私たちがカーブを切れば――威風堂々と、
金色に染まる海岸の円弧が
右へと旋回しはじめる。
霧の中にプローチダ島が横たわり
ヴェスヴィオ山は北へと噴煙を上げている。

俗悪な名声に汚されたとはいえ
この山はなお荘厳で偉大だ、
百回も焼かれて穴だらけの
暗褐色の古代の上衣《クラミュス》をまとう限りは。
けれども、見よ——紅の光が
遠くの霧を差し貫いた。
蒸気の中からナポリが立ちあがり、
岸辺にむらがる家屋の
ガラスの炎がちらつきだした。

私が見ているのは輝く広大な空間で、
庭園や草地、山々が流れゆくのだが、
その内部、その裏側、その合間には——
またしても見えるのだ、撮り損ないの写真のように

輪郭は全て透明で、
あの頃と同じく、凍れる靄《もや》に包まれ
十一月の朝焼けを浴びて
八面の尖塔の頂上で
黄金の翼のある天使像が薔薇色に染まり
じっと動かない——その上空には
カラスの群れ、酷寒の煙、
はるか昔に四散した煙。
そして、カステッランマーレの
緑を帯びた波に映る
帝政ロシアの巨大な守護者は
覆されて頭を下に向けている。
まさにそのように、それはネワ川に映っていたのだ、
災いを告げるように、燃えるように、陰鬱に。

私の眼前に現れたのも、まさにかつてのその姿――
失敗した写真フィルムそのものだ。

思い出というのは勝手なもの。
それはあたかも夢に似て――
予言的な真理を含んで躍動するが、
夢と同じく、途方もなくて漠然として
夢と同じく、本当かと思えば嘘のようでもあり……
さあこれから、どんな喪失や心労のただ中で、
どれほどの数の墓碑銘が記された後に、
空気の軽やかさで浮上しようというのか、
そして今度は何を覆おうというのか、
ソレントの写真の幻影よ。

一九二五年三月五日、ソレント
一九二六年二月二七日、シャヴィル

## （無題）

悪天候の冬の日を突き抜けて――
男は衣類箱、女は袋をたずさえ――

パリの水溜りの寄木細工を
夫婦がよろよろと進んでゆく。

私は彼らを追って長いこと歩いたのだ、
すると二人はターミナル駅に着いた。
妻は黙り、夫も黙っていた。

それで、何を語ればよいのか、わが友よ。
女は袋、男は衣類箱をたずさえ……

踵が踵と共に、地を踏む音がしていたのだ。

一九二七年一月、パリ

## 記念碑

私の中に終わりがあり、私の中に始まりがある。
成し遂げたことはごく僅か！
それでも私は堅固な継ぎ輪。
そんな幸福を私は授かった。

新しい、だが偉大なるロシアには
二つの顔をもつ私の偶像が建てられよう、
二つの道が分かれるその場所にあるのは
時間と風と砂……

一九二八年一月二八日、パリ

## 【補遺】ホダセヴィチによる回想（抄）

## 1．帝政末期とロシア象徴派
### ――追悼文「レナータの最期」（一九二八年）から

一九二八年二月二三日の未明、パリの貧民街の貧民向けホテルでガス栓を開き、作家ニーナ・イワーノヴナ・ペトロフスカヤは自殺した。これを伝えた新聞の雑報記事では、彼女の肩書は作家になっていた。だが、そのような呼称は、彼女には全く似合わないような気がする。実情をいうと、彼女が書いたものは量も質も、取るに足らないのだ。自分のささやかな才能を、彼女は文学に「使い果たす」ことができなかったし、それに――これが重要なのだが――、そんなことは全く望みもしなかった。しかし、一九〇三年から一九〇九年にかけてモスクワの文学界で彼女の演じた役割は、目覚ましいものだった。彼女の名とおよそ関わりがないかのような状況や出来事にさえ、彼女の人格は影響を与えていた。［……］

象徴主義者たちは、「作家」と「人間」を分けて考えるのを嫌った。文学者としての経歴は私生活上の経歴と不可分だと、彼らは考えた。象徴主義は、単なる芸術上の流派や文学的潮流にとどまるのを嫌い、人生を賭けた創作メソッドであろうと常に志向していた。まさにこの点こそ象徴主義の最も奥深い真理であり、そして、その真理は恐らく実現など不可能だったのだが、それでも、象徴主義の全史はつまるところ、この真理の不断の追求のうちに流れ去ったのである。それは、実人生と創作活動との合金、つまり芸術における「賢者の石」のたぐいの発見を目指す、数々の、時には真に英雄的な試みであった。象徴主義は、実人生と創作を一つに融合できるような天才が自派の中にいないものかと、辛抱づよく探していた。いま私たちに分かっているのは、そんな天才はついに現れず、魔法の公式など発見されなかったということだ。結局、象徴主義者たちの列伝とはすなわち、破綻した人生ばかりということになってしまい、一方、彼らの創作活動も、なんだか中途半端な形にしかならなかった。創造的エネルギーや内的体験の一部分は、書かれたものとして形になったにせよ、残りの部分は形になりきらず、いわば絶縁不良による漏電のように実生活の中へと流れ去ってしまった。

この「流失率」は、場合によりけりだった。個々の人格の内部で、「人間」と「作家」が互いに優位を争う。時には一方が勝ち、時には他方が勝つ。勝つのはたいてい、人格において、より才能に恵まれ、強力で、生存力にまさる側面だった。もし文学的才能のほうが強いとなれば、「作家」が「人間」に勝つ。もし、文学的才能よりも生きる才能のほうが強ければ、文学的な創作活動は後ろに退き、別種の創作活動、いわば「人生的」な創作活動に鎮圧される。一見奇妙ではあれ、本質的には一貫した話なのだが、あの時代、あの人たちの間では、「書く才能」と「生きる才能」はほぼ同等に評価されていた。

『太陽のようになろう』の初版を刊行する際、バリモントは献辞にこう書いた――「自らの人格から叙事詩を創造した画家モデスト・ドゥルノフに」。あの頃は、これは空疎な美辞麗句では全くなかった。この言葉には、時代精神がきわめて明瞭に刻まれている。モデスト・ドゥルノフは画家であり、詩も書いたが、芸術上の足跡は残さずに消えてしまった。さえない詩が何篇かと、凡庸な表紙絵やイラストがいくつか――それで、おしまいだ。ところが、彼の人生、彼の人格のことなら、伝説がいくつもある。自分の芸術ではなく人生で「叙事詩」を創造する画家は、あの頃は、まっとうな存在だった。モデスト・ドゥルノフだけではない。彼のような人物は大勢いて――ニーナ・ペトロフスカヤもその一人だった。彼女の文才は乏しかった。生きる才能のほうが、はるかに豊かだった。

貧相で行き当たりばったりの人生から
私は、終わりのない戦慄を作りあげた――

彼女なら自分のことをそう語ったとしても、全くおかしくない。彼女は自分の人生から、終わりなき戦慄を本当に作ってみせたのだが、創作活動からは――何も生まなかった。誰よりも巧みに、決然と、彼女は「自分の人生の叙事詩」を創造しおおせた。

## 2．革命下のモスクワ
### ——覚書「自身について」（一九二二年）から

一九一八年の春から、私はソビエト政権の公職に就き、好きでもなく向いてもいない仕事に常に忙殺された。それが、ロシアでこの年代を生きた者すべてに共通する運命だった。まずはモスクワ市庁《モスソヴェート》の「演劇・音楽」課、次いで教育人民委員部の演劇課に勤めた。後者では、バルトルシャイティス、ヴャチェスラフ・イワーノフ、ノヴィコフが同僚だった。モスクワのプロレタリア文化協会《プロレトクリト》では、プーシキンについて講義した。邪魔ばかり入った。最初は、ちょっとした話でいいから何回か講義してくれということだった。三回目が済むと、ゼミに変えるよう命ぜられた。そのとおりにした。この「授業」が三回終わると——またもや、全てぶち壊しだった。「プーシキン——その生涯と創作」という題目の「連続講義」にしてくれ、というのだ。「まあ、それもよいでしょう」と返事した。プーシキンが学習院《リツェイ》を卒業するところで——長期休暇か何かになった。プロレタリア文化協会の内情は、荒んでいた。すなわち、生徒たちはどんどん成長して、自分たちの「思想的指導者」たちを追い抜いてしまった。私は仕事を投げ出して、協会を去った。

一九一八年末から、私は世界文学出版所のモスクワ支部長を務めた。この退屈で、きわめて「行政官的」な仕事は、一九二〇年の夏まで何とか続けた末に、やはり辞める破目になった。国立出版局の報酬基準が滑稽なまでに遅々として上がらないのに、生活必需品は悲劇的な速さで高騰していたものだから、翻訳家たちから原稿を搾り取るのは何としても無理だったのである。私は世界文学出版所を去った。

一九一八年の夏の終わりに、P・P・ムラートフと、書店「作家の本屋《クニージナヤ・ラフカ・ピサーチエレイ》」の開業を企画した。売るのは、知り合いの出版人たちから委託された書籍である。開業費用もどうにか工面して、レオンチエフスキー小路十六番地に店を構えた。［……］みんなで、交代で店番をした。冬場、暖房のない店内で凍えながら、私の妻が一日中、そして何日もレジ係をした。こうして、辛うじて腹を満たすことができた。一九一九年から一九二〇年にかけての冬の暮らしは、酷いものだった。暖房の止まった建物の、半地下階の一部屋に私たちは住んでいた。ヨーロッパにではなく台所に向けてくりぬかれた窓が、部屋の熱源なのだ。小さな一部屋に三人暮らし、室温はプラス五度ほど（当時はそれでも贅沢だった）。壁を隔てた台所では、かまどの上で家政婦が寝ている。だが、降誕祭から後は家政婦ともお別れだった。雇う金が尽きたのだ。薪を割り、水をひきずって運び、レピョーシカを焼き、湿気た薪をくべてかまどを焚いた。キャベツスープや、違法に購入したキビ粥（時々はバター入り）、安タバコ、サッカリン入り紅茶を摂っていた。当時、私たち夫婦はモスクワ市庁の図書管理部《クニージナヤ・パラータ》に勤めていた。私が部長で、妻が秘書だった。

## 3．革命下のペテルブルクと「芸術会館」
### ――回想記「『ディスク』」（一九三九年）から

モスクワが商業的、行政的な喧騒を失ったとしたら、おそらく惨めになるだろう。ペテルブルクは荘厳になった。多くの看板とともに、あらゆる余計な多彩さが、この街から這って消えたかのようだった。ごく普通の建物でも、以前なら宮殿だけが持っていたような均整と峻厳さを獲得した。ペテルブルクには人がいなくなり（この頃までに人口は僅か七十万弱まで減っていた）、街路では路面電車の運行が止まり、時たま蹄《ひづめ》の音や、自動車の鈍い走行音が響くだけだったが――すると、分かったのだ、この街には動きよりは静止のほうが相応しいのだと。もちろん、街に何かが加わったのではなく、街が何かを新しく獲得したのでもなく――この街はただ、自分に似合わないもの全てを失ったのである。棺に収まると美しくなる人がいる。プーシキンはそうだったろう。ペテルブルクは、間違いなくそうだった。

この美しさというのは――長くは続かない、束の間のものだ。その後には、崩壊につきものの恐ろしい醜悪がやってくる。だが、この美しさに見入っていると、えもいわれぬ、胸を締めつけるような歓びが感じられる。腐朽がペテルブルクにも及びだしているのは、すでに私たちの目にも明らかだった。そこかしこで、舗道の木煉瓦《もくれんが》が陥没し、漆喰が剥げ落ち、壁がぐらつき、彫像から腕がもげていた。だが、そのような、辛うじて気づかれる崩壊さえまだ美しく、歩道の割れ目を所々で突き抜けて伸びている草もまだ、この妙なる都市を不格好にするのではなく、美しく飾るのみであった。それは、古典古代の廃墟をキヅタが飾るのに似ていた。日中のペテルブルクは、夜更けのそれと同様に、静かで荘厳だった。夜更けには毎日、アレクサンドロフスキー公園や、青橋《シーニィ・モスト》の近くのモイカ川で、ナイチンゲールが鳴いていた。

この華麗なる、しかし奇妙な街では、流れゆく生活も独特だった。行政的な意味ではペテルブルクは地方都市になった。他所と同じく、商業は停止した。大小を問わず工場はほとんど稼働せず、空気は澄んで、海の匂いがした。官吏や商工業者は、散り散りに去った者もいれば、単にそれまでより目立たず、声を上げずに暮らす者もいた。そのかわり、学術的、文学的、演劇的、芸術的な生活が、かつてない明瞭さで浮上してきた。ボリシェヴィキはすでに、この種の生活も統制しようと試みていたのだが、まだそれを実行しきる力はなかったので、そうした生活は真の創造的高揚のうちに、最後の自由な日々を享受していた。飢えと寒さはこの高揚を妨げなかったし——ひょっとすると、支えさえしていたかもしれない。〔……〕

ペテルブルクの文化活動は、三つの拠点の周りに集中していた。すなわち、学者会館《ドム・ウチョーヌイフ》、文学者会館《ドム・リチェラートロフ》、芸術会館《ドム・イスクーストフ》であり、それらは抽象的な意味だけでなく、実際に生きぬくという意味においても、ペテルブルク文化の避難所となっていた。なぜなら、どれにも寮が付属していて、住み慣れた場所を革命によって追われた人々の多くが、そこに入居していたからである。〔……〕

もちろん、あらゆる「寮」と同様に、芸術会館にも些細な不祥事や揉め事はあり、時にはちょっとした口論や中傷さえあった。だが、総じていえば、そこでの生活は尊厳と内的な気高さに満ち、そして何よりも、真の創造と勤労の精神に貫かれていた。だからこそ、芸術会館にはその清浄な空気を吸うために、あるいは単にぬくもり——多くの人がそれを奪われていたのだ——を吸うために、ペテルブルクじゅうから人が集まった。毎晩、芸術会館の窓には数多《あまた》の灯がともり――そのいくつかは遠くのフォンタンカ運河からでも見え――そして、会館のその全景は、闇と吹雪と荒天を突き抜けて進む一隻の船を思わせた。

一九二二年秋にジノヴィエフがこの船を吹き散らしたのは、そのためだった。

# 作品注解

作品への注解は、基本的にこの後注にまとめてある。なお、ホダセヴィチの生涯については、本書の「解説」、「年譜」を参照されたい。注解や解説等は、各種文献に依拠しながら編訳者自身の調査・考察も加えて作成した。

本書では、ホダセヴィチが生前刊行した五冊の自選詩集すべてから詩作品を採った。ただし、最後の一篇は自選詩集には収録されていない。どの自選詩集に収録されているのかは、この「作品注解」の各章冒頭にまとめて掲げ、作品の原題は個々の注解で示した。

本書の章名（「モスクワ詩篇」等）は、執筆時の詩人の主な居住地を示す。詩作品の収録順は、自選詩集ではいずれも執筆時期の順になってはいないが、本書ではすべて執筆順（完成日順）の配列としてある。

ホダセヴィチの作品の多くについては、作者自身の覚書などに執筆時期が記録されており、本書では各作品の訳文末尾に、それらに基づき執筆時期（章名と異なる場合には執筆地も）を補記している。なお、ロシアでの新暦（グレゴリオ暦）の導入は革命後の一九一八年二月一四日であり、それ以前は露暦（ユリウス暦）が用いられていた。

ホダセヴィチの三番目の妻ニーナ・ベルベロワ旧蔵（現イェール大学蔵）の一九二七年版『ヴラジスラフ・ホダセヴィチ詩集』の頁上には、収録作品の多くについて、創作経緯がホダセヴィチの手書きで書き残されている。この注解でも何度か引用するが、引用の際は、「一九二七年覚書」と略記する。

地名サンクトペテルブルク（略称ペテルブルク）は何度か改称を経ているが（詳細は「作品注解」中、詩「ペテルブルク」の注解を参照）、本書の注解・解説等では、ホダセヴィチの好んだ呼称「ペテルブルク」で統一する。

ホダセヴィチはロシア語作家であり、収録作品の原文はごく少数の題名やエピグラフを除き、全てロシア語である。訳出にあたっては、可能なかぎり意訳を避け、原文のニュアンスや表現上の工夫を生かした。底本にはモスクワで刊行された下記の作品集を用い、他の刊本も参照した。

詩作品：*Ходасевич В.Ф.* Собрание сочинений: В 8 т. Т.1. М., Русский путь. 2009.
回想記：*Ходасевич В.Ф.* Собрание сочинений: В 4 т. Т.4. М., Согласие. 1997.

## I．モスクワ詩篇

収録詩集：

「受動態」は『青春 Молодость』（一九〇八年刊）。「欠落」〜「冬」は『幸ある家 Счастливый домик』（一九一四年刊）。「小川」〜「雨あがりの夜は……」は『穀粒の道を Путем зерна』（一九二〇年刊）。「音楽」は『重い竪琴 Тяжелая лира』（一九二二—二三年刊）。

「受動態」Passivum

原文は題名のみラテン語（文法用語の通例として。さらに、詩作の師であるブリューソフがラテン語の題名を好んで用いたことも影響するか）。執筆地のノヴゴロド県リジノは、モスクワのはるか北西で、当時の妻ルィンジナの伯父の所領。

原文の動詞は、昼夜の交代を表す一語を除き、すべて受動態（訳文でも、その通りにしてある）。日露戦争や「血の日曜日事件」（一九〇五年）で社会が騒然とするなか、駆け出しの詩人（マイノリティであるユダヤ系の血を引き、病弱でもあった）は実際、受け身に生きるほかなかったのだが、行く手が闇だと思われたとき、心に何者かが灯をともす。

「欠落」Ущерб

象徴派的な世界観を反映するが、最終連の詩句「青い天の杯」はロシアの詩人ヴラジーミル・G・ベネジクトフ（一八〇七―七三）の詩「雲」（一八三五年）からの引用。ロシア象徴派はフランスの象徴主義文学の紹介から出発したが、一九世紀ロシア詩（プーシキン時代の詩人たちや、チュッチェフ、フェートの詩）との連続性も重視した。

「愛しき友に」Милому другу

本作を収める第二詩集『幸ある家』の書名は、詩想を誘う牧歌的な我が家の記憶をうたうプーシキンの詩「家の精に Домовому」（一八一九年）からの引用詩句だが、この書名はアイロニーを含み、収録作品は必ずしも家庭の平穏をうたうものではない。

第二〜三連、「コオロギと人間でも――／／僕らは親友」とあるが、これは若きプーシキンが所属先の文芸サークル「アルザマス会」で、「コオロギ」なる綽名で呼ばれたという故事を、おそらく踏まえる。

### 「夕べ」**Вечер**

イタリア旅行（一九一一年）のしばらく後に執筆。冒頭、「火星《マルス》」と「竜舌蘭《アガウエ》」は同名の神や人物にまつわる神話を踏まえる。マルスはローマ神話の軍神。ギリシア神話における女性アガウエは、軍神アレース（ローマ神話のマルスに対応）の孫娘。つまり、血の色に輝く火星は、竜舌蘭《リュウゼツラン》の祖父ということになる。神話によれば、アガウエは「ワイン」（作中で言及）の神ディオニュソスの怒りに触れて狂乱に陥り、実子を八つ裂きにする。

つまりは、血なまぐさい母親の子殺しのイメージが、穏やかな聖母子像（新約聖書「マタイによる福音書」二章一四節、聖母子のエジプト避難）へと反転・浄化されるのがこの詩の妙味。禍々しき「竜舌蘭」も作品末尾では、ユダヤ民族にとって神の祝福を象徴する「椰子」に変わる。素朴な情景描写にみえて、実は技巧にたけた作品である。

母親の乳房を探すのだが見つからない様子の幼子には、作者自身が投影されている。ホダセヴィチの実母はユダヤ人カトリック教徒で、幼児期の母乳は乳母が与えた。実母は本作執筆の一年半前に交通事故で亡くなり、後を追うように父親（作中ではヨセフに投影）も世を去っている。

第一連、「かつては狡猾だったジェノヴァ」とは、同様に「南国」と「涙」を主題とするプーシキンの物語詩『バフチサライの噴水』からの引用であり、この時期の作者のプーシキンへの傾倒ぶりがうかがえる。

「祈り」Молитва

二番目の妻アンナ・チュルコワと結婚して間もない頃の作。アンナが自身の連れ子に歌い聞かせていたネズミの歌に想を得て、台所に潜むネズミへの祈りの形をとる。かよわく小さい存在、蔑視される存在への愛情は、ホダセヴィチ詩の特徴のひとつ（自身に重ねもするのだろう）。

作品の雰囲気を反転させる、末尾の詩句（「まるで針のように」）が重要。アンナは文学への理解も深く、献身的に詩人を支えるのだが、家庭的ぬくもりに富む結婚生活は八年ほどで破綻し、やがて詩人は新たな恋の相手ニーナ・ベルベロワと共にロシアを離れる道を選ぶ。

「冬」Зима

執筆年（一九一三）は、ロシア帝国が背後で関与したバルカン戦争の年。翌年には第一次世界大戦が勃発する。作中で夜明け前から工場の煤煙が立ち上るのは、軍需生産を暗示。朝になるので街灯を消して回る点灯夫が、悪魔にたとえられるのは、戦争という闇が迫るのに灯を消してしまうから。普通の日常のようだがすでに何かが違うという、戦争が忍び寄る感覚を表現するのが、この詩の工夫である。

「小川」Ручей

第一連が一九〇八年、第二連が一九一六年の執筆。プーシキン研究で知られる文学史家ミハイル・ゲルシェンゾン（一八六九―一九二五）に高く評価され、彼との交友の端緒となった。

「ペトロフスキー公園で」В Петровском парке

ロシア革命の前年に執筆。すでに社会不安が高まっている。モスクワ市内のペトロフスキー公園で、詩人は実際に自殺者の遺体を目撃し、この詩を執筆した。

作中で明示はされないが、この公園に隣接（西隣）する「ホディンカの野」は、帝政ロシア最後の皇帝ニコライ二世の戴冠祝賀式典（一八九六年）で発生した群衆事故により、千数百名の一般市民が圧死した場所（頭上にばらまかれた祝儀の菓子をきっかけに、来場者がパニックに陥った）。本作は、彼らへの鎮魂の意味合いも帯びるのだろう。新帝の治世に暗い影を投げかけ、ロシア革命にいたる動乱の連鎖の先触れとなったこの事故については、ペテルブルク時代の詩「母ではなく、トゥーラの農婦の……」（本書に収録）で触れられる。

**「穀粒の道を」Путем зерна**

第三詩集『穀粒の道を』の巻頭詩篇。ロシア革命（十月革命）直後の年末の作であり、激動の一年を終えようとする感慨をうたう。

種まく人（種子の死と再生）のイメージは、新約聖書でのイエスの言葉（「ヨハネによる福音書」一二章二四節）を踏まえるものだが、ただし、ミミズは福音書には無い形象。種子からみればミミズは巨大な怪物だが、種子が再び芽を出せるよう土壌を耕す存在でもある。

**「雨あがりの夜は暖かく、甘い香りがする……」«Сладко после дождя теплая пахнет ночь...»**

ウズラクイナは欧州では夏の鳥で、繁殖のため雄鳥が大音声で雌を呼ぶ。思春期の詩人を誘った「狡猾な唇」の主は不詳。

原文の詩形（韻律）は古代ローマの詩人ホラティウスにならうが、このようにロシア詩の詩形規則から外れる韻律を用いるのは、ホダセヴィチの場合、極めて珍しい。十六年前に自身が古典中等学校（古典語など教養教育に重点を置く）に学んだ記憶と併せ、まだ秩序と平和が保たれていた時代を描くに相応しい韻律として採ったのだろう。
末尾の一行、「十六年も経った」ではなく「十六年しか経っていない」とあるのは、革命後のモスクワが変わり果てているから。あの夏の生命の充溢が、わずか十数年で争乱と窮乏に一変するという、本来ありえないことが実際に起きてしまった。副詞一語（英語 only に相当するロシア語 только）で戦争と革命を表現する、詩人の技巧である。

「音楽」Музыка
モスクワ在住時代を締めくくる作品の一つで、第四詩集『重い竪琴』の巻頭詩篇。
作品冒頭、「ベレシキ」はモスクワ川のほとりの当時の地名で、近傍のアパートの半地下部屋が作者の住居だった。「ベレシキの生神女《しょうしんじょ》福音教会」はロシア正教の教会（カトリックなどの用語に置き換えれば「聖母受胎告知教会」）で、本作の執筆後、ソ連時代に撤去されて現存しない。
「昼課《オベードニャ》」（正式呼称は「聖体礼儀《リトゥルギヤ》」）は、ロシア正教会の最も基本的な礼拝の儀式であり、午前（街中の教会では日曜）に行われる。「昼課が／いまだに終わらない」とあるのは、文字通りの意味のほか、宗教を敵視するボリシェヴィキ政権の下でも、この教会が人々の交流の場としてまだ機能し続けていることを含意する。

命の誕生や救済を含意する教会の名は、この作品全体の内容と交響する。ただし、ホダセヴィチも隣人セルゲイも、正教会の熱心な信徒ではない（昼課に参列せず、家事をしている）。

5行目、「なんと全てが小さいのだ」とあるのは、全てを圧する酷寒ゆえの錯覚か、あるいはモスクワ名物の冬晴れの高い空がそう思わせるのか、あるいは食糧難で街から活気が失せたからか。6－7行目、「酷寒の蒸気は／薔薇色がかった銀に染まる」とあるのは、ロシアの冬ならではの光景。家屋や工場からの煙は、含まれる水蒸気が凝結・凍結するため塊となって空に長くとどまり、高くは昇らない真冬の太陽の光で薔薇色に染まる。

「セルゲイ・イワーヌィチ」は、同じアパート（半地下階の詩人の真上）に住む市井の人という以外は詳細不明。「名と父称《ふしょう》」というフォーマルな呼称（父称とは、父親の名から作られるミドルネームで、敬意をこめて人を呼ぶときは名と父称で呼ぶ）だが、父称が口語形（正式にはイワーノヴィチ）なので、他人行儀な中にもどこか温かみのある呼び方である。

革命後の内戦期ゆえ、ホダセヴィチの住む庶民向けの住宅では集中暖房が止まってしまい、炊事用の燃料もないので、住人全員が慣れない薪割りを強いられている。詩人も、詩作どころではない毎日。18行目、「祝日おめでとう、お隣さん」とあるのは、単に日曜か（教会では、キリストの復活した日曜は祝うべき日）、日曜と重なる教会の祝日（昼課が長引いているので）を指すと思われる。

22－23行目、「ちょっと待って、／音楽じゃないですか」から後は、詩作に集中できない焦りから、虚空に詩の音響を探そうとする詩人と、詩人の事情は理解できないけれども懸命に話を合わせようとする隣人セルゲイのやりとり。おそらく詩人には一瞬、何かが聴こえたのかもしれない。ただ、32行目、天上からはっきり響くのだという チェロやハープの器楽演奏というのは、もはや詩人にも本当に聴こえているのではなく、隣人の返事に詩興をそがれて苛立つ詩人の虚言である（隣人に苛立ちをぶつけている、あるいは彼をからかっている)。

しかし、革命以前と変わらぬ市井の人セルゲイの不器用だが篤実な態度が、詩人の荒んだ心を救う。戦火と窮乏は市民の心の奥底まで変えはしなかった。詩人の邪魔をしないようにと「庭の真中で棒立ち」のセルゲイの様子に、詩人は思わず笑みを取り戻す。すると、それまで雪と酷寒に吸われていた斧の音が静寂を破って響きだし、詩人にはその音が、これから書くべき詩の響きを指し示すように思われた。

## Ⅱ．ペテルブルク詩篇

収録詩集：

「曲芸師」は『幸ある家』(改訂第三版、一九二三年刊)、さらに『穀粒の道を』(事実上の改訂第三版、つまり一九二七年刊『詩集』の第一章)。他の作品は全て『重い竪琴』。

「曲芸師」Акробат

「ドイツの画家某」の影絵に寄せて書かれた。一九一三年末頃に最初の5連が書かれて発表された後、ロシア革命を経た一九二一年に末尾2連（4行）が加筆された。本書では加筆の時点を執筆年とみなし（正確な執筆月が不明のため、一九二一年執筆作品の先頭に配列した）、訳文も加筆部分を含めてある。執筆地はモスクワ（当初）、ペテルブルク（加筆部）と思われるが、正確には不詳。

加筆部で「曲芸師《アクロバット》」に代えて用いられるロシア語「軽業師《フィグリャール》」は、「道化」という語義ももつ。

「魂」Душа

革命後のモスクワで過労のため体調を崩した詩人が、ペテルブルクに移住して病を脱したのち最初に書いた作品。疲弊した身体が詩作への思いに追いつかず、体と心が分離するような感覚が詩人を戸惑わせるのだが、その感覚こそ、身体は病んでも詩人としての感性は健在であることの証明だった。

「哀れなわがプシュケー！……」«Психея! Бедная моя!..»

作者の「一九二七年覚書」には、「私の内面では、この詩から『重い竪琴』の時代が始まった」とある。第二連の「巫女《ピュティア》」とは、古代ギリシアのデルフォイにあったアポロン神殿で神がかり状態のうちに詩の形で神託を告げていた巫女のこと。デルフォイの巫女のイメージは、作者の傾倒するプーシキンら「ロシア詩の黄金時代」の詩において、詩作そのものの隠喩として用いられた。

「プシュケー」は古代ギリシア語で「息」、「命」、「魂」を意味するが、語頭が大文字ならギリシア・ローマ神話の登場人物。本作の原文でこの語は常に行頭に置かれる（ロシア詩では行頭は大文字が原則）ので、どちらの意味なのか決められない（つまり、両方にかけている）。

神話ではプシュケー（人間の娘で、のちに神となる）は、デルフォイの神託で人間ならざるもの（愛の神）との結婚を予言され、山頂から風神によって神なる夫のもとに運ばれる。本作末尾でプシュケーが「（重荷に耐えきれず）墜ちてゆく」とあるのは、これを踏まえる（神話どおりにならない）。

「たとえ過去など惜しくなく……」«Пускай минувшего не жаль...»

革命に続く内戦期ゆえ公共サービスが麻痺した一九二〇年夏のモスクワで、アスファルトの街路の除草作業に動員された際に、この詩を着想。作者の「一九二七年覚書」によれば、「モスクワじゅうが四つん這いになり草を抜いていた」とのこと。ただし、末尾の詩句「花崗岩の敷石」（ペテルブルクの名物）が示すように、作品の完成は新旧の首都での新たな状況を見届けた後になる。奉仕労働や配給制をとおし、詩人はボリシェヴィキ政権下における個人の抑圧を早くも感じとる。

作品冒頭の2行は、レールモントフの物語詩『デーモン』（第一篇一五節「群雲にとって未来に希望はなく、過去は惜しくない」）を踏まえるものか。

「日記から」Из дневника

魂の飛翔の感覚を、歯が生えるときの痛みになぞらえるのは、プラトン『パイドロス』にならう。詩句「こんな灰色の半端な夜」は、哲学的含意のほか、ペテルブルクの白夜（執筆は六月）のイメージも帯びるのだろう。

「客に」Гостю

来訪者の長話に辟易して着想。作者の「一九二七年覚書」には、「〝善意〟あるE・P・スルタノワとの口論の後に執筆。そのとき私は、神のみぞ知るような悪態を散々ついたので、後ほど手紙で謝罪する羽目になった」とある。エカテリーナ・スルタノワ（旧姓レトコワ、一八五六―一九三七）は同じ「芸術会館」に住んでいた年長の女性作家で、今日では回想記作者や翻訳家として記憶される。

「あらし」Буря

作品前半は、第一次大戦からロシア革命にいたる歴史絵巻を暗示するように、雅語を多用した荘重な文体をとる。次いで、これと対置するように、傘を飛ばされたひとりの老婦人、つまり自らを守る最後の手段を失った個人の姿が、いっさいの美化を排した平凡な文体で描かれる。この対比の構図は、ペテルブルクを描く文学の代表格であるプーシキンの物語詩『青銅の騎士』（一八三三年に執筆され、帝都の創建者ピョートル大帝の騎馬像に、権力者の恣意や荒々しい自然に翻弄される一般市民を対置）を念頭に置くものか。

末尾の詩句「両目を閉じてゆく」は、自身の初期詩篇「欠落」（本書に収録）からの、自戒を込めた引用。象徴派的な甘美な死のイメージに陶酔した若年期とは違い、人を死に追いやる美しい理由づけなど存在しないことを、大戦や革命を目撃した詩人はすでに知っている（作中、「賢き者」とは、作者を含め、そのことが分かっている者のこと）。

「私は人も自然も好きなのだが……」«Люблю людей, люблю природу...»

静謐な内容にもみえるが、詩人が爆発的執筆力を発揮するペテルブルク時代において、創作ペースが最初の頂点に達する頃の作品（近年ロシアで刊行された作品集には執筆日を六月一五—一六日とするものもあるが、作者の「一九二七年覚書」原本を確認したところ、多作期に入った七月一五—一六日が正しい）。

「窓の外（第一）」Из окна 1

ペテルブルクの目抜き通りネフスキー大通りで駄馬が暴れ、ひととき活気が戻った出来事を、詩人は実際に「芸術会館」の自室の窓から目撃して、本作執筆に着手した。脱稿までに詩人は市内の市場にでかけ、内戦期の厳しい統制下でも人間らしさを失わない市民らの姿に感銘を受けている。

作中、「鼻のないニコラヴナ」という奇妙な詩句は作者が市場から戻った後に加筆されているが、これは一九世紀ロシアの作家ニコライ・ゴーゴリの小説『鼻』（一八三六年）を念頭に置くのだろう（ニコラヴナという人名は本来、「ニコライの娘」の意）。ゴーゴリの『鼻』は、顔から逃げた鼻がペテルブルクを闊歩するという、おおらかな笑いに満ちた幻想小説である。これを思いながらホダセヴィチは、革命の名のもとに自由が制限され、笑いを失ったこの都市が、ゴーゴリの描いた愉快なカオスをいつの日か回復するよう熱望するのである（「私の静かな地獄が立ちあがる」）。作中、逃げた馬や泥棒がすぐに捕まっても、ニコラヴナの鼻だけは逃走中であることに留意すべきだろう。

「窓の外（第二）」**Из окна 2**

執筆地ベリスコエ・ウスチエはペテルブルクから南に数百キロ、ロシア西部プスコフ市郊外の村落で、食糧難に悩む「芸術会館」居住者のための避難施設があった。ホダセヴィチは一九二一年八〜九月のほとんどを、この地で過ごす。詩人ブロークの病死（八月七日）をベールイからの手紙で知ったホダセヴィチは、その日のうちに本作を執筆した。

第二〜三連、災厄の到来を象徴する、星の転落と苦い水、さらに陽光の消滅は、新約聖書「ヨハネの黙示録」（八章一〇－一二節）を踏まえたイメージ。

「コルク栓」**Пробочка**

作者の「一九二七年覚書」には、「この続きは何としても思いつかなかった。続きは不要だと悟り、四行のままにした」とある。

「たそがれ」Сумерки

ペテルブルク市内、ペトロパヴロフスク要塞の裏手のアパート（ゴーリキーの所有だが、当時は作者の姪のワレンチナ・ホダセヴィチが居住）に赴いた印象をもとに執筆。ホダセヴィチが実際に通行人に危害を加えたという事実はない。住宅街にもかかわらず「ひとけのない建物」が延々と続くのは、首都機能のモスクワ移転（一九一八年）による人口激減のほか、残った人々も息をひそめているため（本書「補遺」の回想記を参照）。

「バッコス」Вакх

バッコスは、ギリシア神話の葡萄《ぶどう》酒と酩酊の神。第一連「アジア産の灌木のつる」は葡萄のこと（葡萄の栽培と果実の醸造は、近東が起源）。本作において酩酊とは、詩に酔うことのたとえ。

第二連、「この不思議な枝を接木するのだ」とあるが、葡萄栽培では実際に、病害予防と成長促進のため接木を用いる。ただし、当時すでにロシア文化断絶の危機（あるいは自身の出国）を意識していたはずの作者は、「接木」という言葉に別の思いもこめている（本書収録の詩「ペテルブルク」も参照されたい）。

第六連、「蛇」とは旧約聖書、ユダヤ人のエジプト脱出の故事を踏まえる。預言者モーセが圧政を逃れた群衆を率い、飢餓の荒野をさまよいながら、人々の弱音に対する神罰である蛇の襲来（民数記二一章四‐九節）をかわして約束の地に到達したように、詩人ホダセヴィチも革命の死地を生き抜くロシアの読者を励ましながら、救済の予感へと導こうとする。

同じ第六連、「酔いがまわり／……緑の寝床に倒れ伏すまで」とは、詩が傍らにあるかぎり人生の終焉まで幸福だということ。

「バラード」（「上から明かりを浴びて、丸い自室に……」）Баллада（«Сижу, освещаемый сверху...»）

詩集『重い竪琴』の巻末に置かれた作品で、作中の詩句「重い竪琴」が詩集全体の書名となっている（この詩句は、受け継がれるべきロシア詩のよき伝統を指す）。第一連、

「丸い自室」とあるのは、芸術会館（半円形のファサードで知られた）のホダセヴィチの居室が、ファサードの内側のため半円形だったから。「燭光」は電球の光度単位（十六燭光ならロウソク十六本程度の明るさ）。

冒頭の描写（「十六燭光の太陽」、「漆喰の空」）と、終盤の室内の「円舞」が、モロゾフ・コレクションに含まれて当時のロシアではよく知られていたゴッホの絵画二点（それぞれ、「アルルの夜のカフェ」、「刑務所の中庭」）を下敷きにしていることは、作者自身が別に述べている。

最終連、「オルフェウス」はギリシア神話に登場する吟遊詩人。彼にまつわる神話のうち、本作の内容に関係するものとしては、岩や木々も魅了するほどの歌の名手であること（作品末尾、本来なら険しいはずの岩肌の形容「滑らかな」はそれを指すか）、冥界に下るが歌の力で生還すること、最期に体を裂かれることなどが挙げられよう。

「貴婦人《レディー》は長いこと手を洗った……」«Лэди долго руки мыла...»

シェイクスピアの戯曲『マクベス』を踏まえる。夫を叱咤してダンカン王暗殺を敢行させたマクベス夫人（レディー・マクベス）は、後に錯乱して夢遊病者のように城内をさまよい、両手から王の血を洗い流す仕草をする（『マクベス』第五幕第一場）。現存する最古の『マクベス』テクスト（没後刊行のシェイクスピア作品集）が刊行された一六二三年から数えてほぼ三百年、夫人は不眠のままという見立てである。

一方で作者自身が六年ほど不眠とあるのは、直接には、第一次大戦に徴用された親友サムイル・キッシンの自殺（本書「解説」参照）を念頭に置く。ホダセヴィチは友を救えなかった自分を責めて、実際にひどい不眠に陥った。ただし、友の死から六年も経てこの詩が書かれたのは、執筆前年の夏に起きた同種の悲劇ゆえでもあろう（ニコライ・グミリョフの逮捕・銃殺と、ブロークの病死。本書「解説」参照）。銃火と窮乏と弾圧のもとで斃れた詩人たちに、この詩は捧げられたのである。

「踏み越えよ、跳ね越えよ……」«Перешагни, перескочи...»

冒頭2行は、原文では、「越える」というニュアンスの接頭辞пере-をもつ動詞が三つ並んだのち、「пере-ご随意に」なるホダセヴィチの造語が続く（「どう越えようがかまわぬが」と意訳した)。

末尾2行の転調は、同時代の著名な文学者(ゲルシェンゾン、トゥイニャーノフ)に激賞された。なお、ホダセヴィチは当時、実際に鼻眼鏡を使っていた。

「母ではなく、トゥーラの農婦の……」«Не матерью, но тульскою крестьянкой...»

前半の四連は一九一七年に、後半の五連は一九二二年に執筆。

ホダセヴィチの乳母エレーナ・クジナについては、本書「解説」を参照。「トゥーラ」はモスクワ南方の都市・県の名。第二連、「彼女は民話を知らず、歌うこともなかったが」とあるのは、プーシキンの養育係として知られるアリーナ・ロジオーノヴナ(幼い詩聖に民話や民謡を教え、ロシア語力を涵養した)を念頭に置く表現。同じく第二連、「ヴャジマ」はモスクワ西方の古い小都市で、名産の糖蜜菓子は庶民の味。

第三連、クジナが「祈りの仕方は教えなかった」のは、カトリック信徒の実母をもつ詩人に、ロシア正教会式の祈祷を教えるのを遠慮したため。また、クジナの「痛ましき母性」というのは、詩人の看護のために自らの実子の命を犠牲にしたことを指す

（本書「解説」参照）。

第四連、転落事故（本書「解説」参照）にあった幼いホダセヴィチが助かった御礼にと、クジナが彼を連れて参拝した「イーヴェルスカヤ礼拝堂」は、モスクワの「赤の広場」にあるロシア正教の礼拝堂。この時ばかりは、クジナは彼にも祈らせたという。

第五連、「威容とどろく大国」とはプーシキンの物語詩「ジプシー」からの引用で、引用元では古代ローマ帝国を指す。この詩句を引きながらホダセヴィチは、ローマ衰亡にロシア帝国の滅亡を重ねて描く。

最終連、「皇帝のホディンカの客人」は、ニコライ二世戴冠祝賀式典での群衆事故の犠牲となった市井の人々のこと（「作品注解」中、詩「ペトロフスキー公園で」の注を参照）。無名のまま命を落とした庶民たちが、口承文芸における英雄譚の主人公を思わせる「皇帝の客人」と表現されていることに留意したい。

「証拠」Улика

夢幻への耽溺でなく、夢と現実のバランスを追求する自身の詩風を、軽やかなユーモアに包んで物語る一作。作者の「一九二七年覚書」には本作に関して、「ベルベロワが来た。そのあとヴェルホフスキーが来て、ソネットを読み、茶を飲んでいった」とある。ユーリー・ヴェルホフスキー（一八七八―一九五六）は詩人で文学史家。

アパートの自室から恋人を帰した直後、年長の詩人が訪ねてきた。間の悪い来客だが断るわけにもいかず、ホダセヴィチは来客の文学談義は聞き流して、彼女のことを考えている。客はかまわずソネットの朗誦などしているのだが、その甘い響きに煽られたか、ホダセヴィチの脳裏で彼女への思いが次第に異様なものになってきた。いまや彼には、月の高みから舞い降りる彼女の姿が、はっきりと見える（第一連）。だが、そのとき彼は、ある失策に気づく。彼女の長い毛髪が肩に残っているのだ。さりげなく取りのけて客の表情を窺うと、すかさず客は笑みを返してくる。最初から全てを察した上で、そしらぬ顔をしていたのである。狼狽した詩人は甘い気分も吹き飛び、紅茶を無闇に掻き混ぜて決まりの悪さをやり過ごすのだった。

第四連の１行目、「至福なるかな」（原文のロシア語 блажен は「間抜けなるかな」という語義もあわせ持つのだが）というのは、恋の夢に浸る幸福のことではなく（それを指すのは同じ第四連の前半「出口なき深い眠り」と、末尾「この世ならぬ幸福」だ)、逆に、そうした状態から脱した至福のことである。もし、このまま目が覚めなければ、現実のベルベロワではなく、彼女の虚像を愛してしまうところだったのだ。暴走しかかった夢想を、一本の毛髪が押しとどめた。

「地上の美を私は信じない……」«Не верю в красоту земную...»

同じペテルブルク時代の詩「客に」(本書に収録)と同様、来客の長話に辟易したのを機に書かれた。今回の来客は言語学者のセルゲイ・ベルンシテイン(一八九二―一九七〇)。彼は当時、詩人たちの自作朗読の録音に取り組んでおり、そのためにホダセヴィチを訪ねていた。

「三月」Март

雪解けの始まる三月。濡れた歩道に映る自分の顔。本当は険しい顔をしているのに、逆光のために険が消えている。踏まれて泥水に浸かっても、顔は汚れもせずに、湧きおこる雲を背景に天上の高貴さえまとう。

「秘められた幻力の覆いを……」«Покрова Майи потаенной...»

冒頭2行、「幻力《マーヤー》」（サンスクリット語）とはインド神話やインド哲学において、本質世界を覆い隠している魔力的な力を表す概念であり、ロシア象徴派が好んで援用した。つまり、「幻力の覆いを／持ち上げるのは僕の手に余る」という詩句は、象徴主義との決別を表す（＝象徴主義の説く不可視の本質世界など、自分にはうたえない）。さらに、本作で「マーヤー」は発音上（ロシア語には格変化があるので、作中での実際の発音は「マーイー」）、ロシア語「五月《マーイ》 май」にもかけてあり、つまり冒頭2行は「五月という覆いは取り去るまい」（＝象徴主義的な神秘世界でなく、現に到来した春をうたおう）という含意も帯びる。

季節の移ろいなど皆が忘れている戦乱期だからこそ、詩人は春についてうたいたい。春は確かに来ているのだ、「幻力の覆い」ならぬ、傍らにいる人の「睫毛のとばり」の向こう、輝く瞳の上に春はありありと見えるではないかと、詩人は語ってゆく。

光景は晴れた日の逢瀬、相手はおそらくベルベロワである。第一連、「拡大した瞳孔」とは彼女の気持ちの高ぶりからか、あるいは間近に寄せられる詩人の顔が日ざしを遮るからか。樹氷が解けた街路に緑が萌え、風にそよぐ葉むらや陽光を求める人影で路上は動きに満ちてくる。第二連の「春の融解」とは、そうした光景を一言で表す詩句。

そして、この光景全体が、鏡に映るように、相手の瞳の表面に反映している。恋する人の瞳は潤んで輝くから、その表面で街路の映像も潤い、変貌している。まるで恋という「天上の炎」が、「春の融解」をますます促すかのようだ。黒々と「拡大した瞳孔」を背景に、第三連、街路の映像は漆黒の空間で渦を巻いて輝く「宇宙」と化してゆくのだが、次の瞬間、巨大な宇宙はたちまち一輪の路傍の花へと収縮するかに見え、驚いた詩人が我に返ると、その正体は駆け抜けざまに彼女の瞳の表面に映った自転車の車輪なのだった。

## Ⅲ．亡命詩篇

収録詩集：

「粗野な生業を……」は『重い竪琴』（事実上の改訂第三版、つまり一九二七年刊『詩集』の第二章）。「水車小屋」は『穀粒の道を』（事実上の改訂第三版、つまり一九二七年刊『詩集』の第一章）。「ベルリン的」～「悪天候の冬の日を……」（「水車小屋」を除く）は『ヨーロッパの夜 **Европейская ночь**』（一九二七年刊）。「記念碑」は最終詩集刊行後の執筆で没後発表（パリのロシア語雑誌『現代雑記《ソヴレメンヌィエ・ザピースキ》』一九三九年六九号）。

「粗野な生業を眺めていても……」**«Гляжу на грубые ремесла...»**

ロシアからドイツに逃れた直後の作。執筆地のミスドロイは、バルト海に面した、当時ドイツ領の都市（現ポーランド領ミェンジズドロイェ Międzyzdroje）。この時点では、詩人はまだ亡命を最終的に決意したわけではなく、眼前のバルト海の彼方にある故国に戻る可能性は残されていた。

「ベルリン的」Берлинское

体調の悪い晩、自宅で病と向き合う不安を避けるように、中心街のカフェで時間をつぶす詩人。ガラス越しに酔眼でみる夕闇のベルリンは、観賞魚の泳ぐ水槽のように美しいのだが、不意に彼は、この異郷では創作者として生きられないという不安にとらわれる。

「疲れ果てて私は寝床から起き上がる……」《Встаю расслабленный с постели...》

第一連の詩句「夜中に神と格闘したわけではなく」は、旧約聖書にあるヤコブと神の夜中の格闘（創世記三二章）を踏まえる。夜明けには神に勝利して祝福を得るヤコブと違い、目覚めたホダセヴィチを捉えるのは疲労感と危惧の念のみである。

同じく第一連、「ビーム波」（ロシア語原文「ラジオ・ルチー」）は第一には、ラジオ放送の電波を念頭に置く。世界初のラジオニュース放送は一九二〇年に米国デトロイトで行われるが、第一次大戦後の復興に沸くドイツでもすぐに実現する。さらに、この語にはロシア語での音調の類似から、毒性が当時解明されつつあった放射線（ロシア語で放射線は「ラジアーツィヤ」）のイメージも付与されているはずだ。一九世紀末、エックス線を端緒に次々と発見された放射線は、当初は効能だけが喧伝されるものの、まさに一九二〇年代から深刻な放射線事故が相次ぐようになる。

第三連、豪州の「メルボルン」は、ドイツのほぼ対蹠点。地球の裏側の事情がすぐに伝えられるのは便利なようだが、雑多な言葉と情報のあふれる西欧の新たな精神風土は、ホダセヴィチには受け入れられない。静寂の中で夢を抱くこと、あるいはただ単に穏やかに眠ること（「魂の夜半の知識」）を皆が忘れているのだと、彼は危惧するのである。最終連、「今もなお」は原文では斜字体での強調だが、訳文では太字とした。

執筆地のザーロウ（ドイツ国内）については、詩「盲人」の作品注解を参照。

「水車小屋」Мельница

ロシアを去った後の完成だが、革命後の内戦期のロシアを描き、詩集『穀粒の道を』の改訂の際に新たに収められた。

「春の無駄口で緩みはしないのだ……」«Весенний лепет не разнежит...»

第二連、「母音接続」とは、一つの単語内あるいは隣接する二語の間で、母音が連続すること（滑らかに読む「二重母音」は除く）。欧州の言語の多くと同様、ロシア語でも母音接続は不快な音調として避けられる傾向がある（子音を挟むか、母音を省くことが多い）。

「盲人」Слепой

ベルリンで執筆着手ののち、湖畔の温泉町ザーロウ（ドイツ国内）で完成。ベルリン時代の作品は騒がしいベルリン市内より、短期逗留した水辺の保養地（他にミスドロイ）での執筆が多い。

「神は在られる！　知を尊び不可解を嫌う私は……」«Жив Бог! Умен, а не заумен...»

第一連、「知を尊び不可解《ザーウミ》を嫌う私」とあるのは、立体未来派《クボ・フトゥリズム》の詩人らの超意味言語《ザーウミ》への批判。ロシア詩における未来派の潮流のうち、ホダセヴィチが興味を示したのはセヴェリャニンらの自我未来派《エゴ・フトゥリズム》まで。前衛性の顕著なマヤコフスキーら立体未来派の詩人たちを、ホダセヴィチは一貫して敵視した。立体未来派の政治的立場（ボリシェヴィキと積極的に協働）のほか、目指す作風（プーシキン以来の詩の言葉を根底から覆し、新しい詩的言語を創造）も、プーシキンの明晰な詩的思考をロシア詩の最良の模範と考えるホダセヴィチにとっては、受け入れがたいものだった。

「すべてが石造り。石造の吹き抜けの中へと……」**«Всё каменное. В каменный пролет...»**

第三連、「石のうえを五時まで歩きたまえ」とあるのは、鍵を失くして夜間に帰宅しても自宅に入れないため（庶民の集合住宅に屋敷番はいない）。

最終連、ベルリンが「ロシアの諸都市の継母」と表現されているのは、当時のベルリンは、革命下の故国を逃れたロシア人の欧州最大の避難先だったため（「解説」を参照されたい）。

「鏡の前で」Перед зеркалом

ベルリンを去り、欧州各地を放浪した時期の作品（パリで書かれたが、定住より前の一時逗留）。第二連、「オスタンキノ」は、モスクワ郊外の別荘地。最終連、「跳躍する豹」は、エピグラフで引用されるダンテ『神曲』冒頭部分に登場する（「人生の道なかば」で森に迷い込んだダンテの前に現れて、脅かす）。同じく最終連、「ウェルギリウス」は、実在した古代ローマの詩人（『神曲』の登場人物でもあり、地獄と煉獄でダンテの道案内役を務める）。

「バラード」（「私は自分を抑えられない……」）Баллада（«Мне невозможно быть собой...»）

パリに定住し、恒久的な亡命生活に入った直後の作品。パリ市内のカフェで執筆開始ののち、郊外のムードンで完成。作者の「一九二七年覚書」には「（カフェで）突然すべてが〝見えた〟」とあるから、作中の発話すべてが実際になされたとは限らず、特に後半部には作者の幻想も混交すると思われる。

第二連、「天使が私に竪琴を手渡してくる」は、同名のペテルブルク詩篇「バラード」(一九二一年。本書に収録)からの不正確な自己引用。同じく第二連、「チャップリン」と訳したのは、原文では、この喜劇俳優のフランスでの呼び名「シャルロ」。

第六連、「ヴェネツィアの広場で/わが恋人の足元から」は、若き日のホダセヴィチの背徳の恋を指す(夫のあるエヴゲーニヤ・ムラートワと親密になり、共にイタリアを旅行した。「解説」参照)。第八~十連は、新約聖書「金持ちとラザロ」の話(「ルカによる福音書」一六章一九-二六節)を踏まえる。

「ペテルブルク」Петербург

出国後の詩作の集成である詩集『ヨーロッパの夜』の巻頭詩篇。執筆時期が遅いにもかかわらず巻頭に置かれたのは、内容がペテルブルク時代の回顧だから。第四連、「悪臭のする鱈」は食料統制下の配給品(粗悪な上、ホダセヴィチは偏食家で魚介類を受けつけず、市場に出かけて転売するしかなかった）。
なお、都市名サンクトペテルブルク（略称ペテルブルク）は、第一次大戦の始まった一九一四年にドイツ風の語感を避けてペトログラードと改称され、さらに本作執筆の前年（一九二四）には、病死したレーニンを記念してレニングラードと改称されているが、ホダセヴィチは元来の名称「ペテルブルク」を好んだ。

「ソレントの写真」Соррентинские фотографии
大部分はパリ近郊シャヴィルでの執筆だが、冒頭17行は欧州放浪時代に南イタリアのソレント（ゴーリキー邸に滞在）で執筆された。内容はソレントでの経験。ナポリ湾やヴェスヴィオ山などソレント周辺の現実の光景と、ロシア時代（モスクワ、ペテルブルク）の記憶が、二重露光された写真のように意識の中で重なり合う様子が物語られる。なお、写真というテーマ自体、写真用品店に生まれた出自の記憶に連なるもの。
3行目、「節くれだったオリーヴ」とあるが、地中海地域に繁茂するオリーヴは、成長が旺盛な植物。無秩序に伸びて絡み合う枝のように、亡命下の詩人の意識を際限なく占領してゆく美しくも危険な、故国への郷愁がこの詩の主題である。

18行目、二重露光をやらかした「私の友人」とは、ゴーリキーの息子で、趣味の写真撮影とオートバイに熱中していたマクシム・アレクセーヴィチ・ペシコフ(一八九七—一九三四)。

36行目、「洗濯女や仕立屋らの住処」や、葬送の光景は、革命下の大混乱に耐えたモスクワ在住時代末期の記憶の幻影。詩人は実際に、モスクワ川に近いアパートの半地下階に住んでいた(本書に収録の詩「音楽」で描かれる場所)。42行目、「アマルフィ」は、ソレントに近い保養地(山腹の家並みが海に迫るアマルフィの地形が、河岸の段丘にあったモスクワの旧居の記憶に重なり合う)。58行目、「泣き歌」はロシアの葬送習俗。68行目、「それとは無縁の石」は現実世界(イタリア)のもの。記憶の中のモスクワを見ながら歩くので、つまずいてしまう。

69行目、「オートバイがきれぎれの鋭い音をたてて」は、マクシム・ペシコフの運転するオートバイのサイドカーにホダセヴィチが乗せてもらい、復活祭前(おそらく聖金曜日)の夜のナポリ湾岸をドライブする光景を描くもの。78行目、「聖金曜日」とはキリスト受難の記念日で、復活祭の前々日。95行目、「聖週間」とは、復活祭直前の一週間（原文では教派を問わない用語だが、統一的訳語がないため、場面がイタリアであるのに合わせカトリックの用語で訳した）。103行目、「あの女《ひと》」は、聖週間の祭り（聖金曜日が最高潮）の行列で運ばれる聖母像。

160－161行目、「八面の尖塔」や「黄金の翼のある天使像」は、ペテルブルクの幻影（ネワ川のほとりに立つペトロパヴロフスク要塞の尖塔や、その頂の天使像）。163行目、要塞上空で凍りつく「酷寒の煙」については、詩「音楽」への作品注解を参照。164行目、「はるか昔に四散した煙」は、要塞から毎日放たれていた午砲、あるいは革命勃発時の火砲の煙を指すか。165行目、「カステッランマーレ」は、ナポリ湾に面する保養地。

167－168行目、「帝政ロシアの巨大な守護者は／覆されて頭を下に向けている」とは、ペトロパヴロフスク要塞の尖塔や天使像が水面（夜明けのナポリ湾に覆いかぶさる、ネワ川の幻）に映った上下逆の映像で、帝政ロシアの転覆を含意する。

「悪天候の冬の日を突き抜けて……」«Сквозь ненастный зимний денек...»

一月の朝、パリ市内のドメニル広場のカフェで着想。この詩の執筆の翌々年（一九二九）から、ホダセヴィチは詩をほとんど書かなくなり、評伝や評論など散文に軸足を移す。本作の原文では、脚韻は踏まれるものの、ホダセヴィチには珍しく韻律（リズム）が乱れている。詩人の内奥から詩のリズムが消え去ろうとする中、脚韻だけを最後の足場に、懸命に書かれた作品という印象がある。

零落してパリを引き払う見知らぬ夫婦と、彼らが気になり後を追う詩人。第二連、随所で水に浸かった悪路が「寄木細工」と形容されているが、舞踏会で「寄木細工」の床を舞うペアのように、この夫婦は倒れそうで倒れない。

最終連、「踵が踵と共に、地を踏む音がしていた」。つま先で蹴る急ぎ足ではなく、緩慢ではあるが大地を踏みしめ、悪路のなかで互いを支える「踵」の靴音。零落した夫婦が靴音の主であることに、疑いはない。二人は生活に不自由がなかった頃、そんな歩き方はしなかったはずである。ただし、靴音の主は彼らだけではない。夫婦を追って歩きながら人間の幸福のありかたを思う詩人の靴音も、いつしか二人の靴音と和合してゆく。

「記念碑」Памятник

自身の詩作行路を誇りとともに総括する古代ローマのホラティウスの詩「私は記念碑を完成させた……　Exegi monumentum…」に倣い、近代ロシアの大詩人デルジャーヴィンとプーシキンが、各々「記念碑　Памятник」という名で、主題を同じくする詩を書いている。ホダセヴィチは自身の傾倒するこの二人を意識して同名の本作を書いたのだが、自身を「継ぎ輪」になぞらえる点が、他にはないホダセヴィチらしさである（本書「解説」参照）。

## 【補遺】ホダセヴィチによる回想（抄）

「1．帝政末期とロシア象徴派」

「レナータの最期　Конец Ренаты」は、ロシア象徴派の作家ニーナ・ペトロフスカヤ

（一八七九－一九二八）への追悼文で、彼女の没後すぐに発表された後、回想記集『死者の街《ネクローポリ》』（一九三九年）に改めて収録され、その第一章となった。本書では、冒頭部分で展開されるロシア象徴派批判から抜粋した。

ワレリー・ブリューソフ（一八七三－一九二四）指導下の前期象徴派（デカダン派）の活動が確たる創作の方向性を見失い、色恋沙汰などの実人生とないまぜとなった、運動のための運動（「終わりのない戦慄」）の様相を濃くしているとホダセヴィチは考え、自身の詩作の師ブリューソフに強い疑念を抱くに至る。さらに、後期象徴派が「人生と創作の一体化」を一層推進し、神秘性・宗教性にも傾斜するにおよび、ホダセヴィチは象徴主義運動と決別する。

ペトロフスカヤは、ブリューソフの小説『炎の天使』（一九〇七年）の登場人物レナータのモデルであり、ブリューソフのほかベールイとの恋愛関係が知られる。彼女は、こうした象徴派内の人間関係に疲れ果てて一九一一年にロシアを去ったのち、パリで自殺した。ペトロフスカヤが創作活動で「何も生まなかった」とするホダセヴィチによる評価はやや誇張だが、彼はそうした表現により、引き入れた群小作家らを破滅させながら成長していく芸術運動のあり方を批判している。政治であれ、芸術であれ、個人より「超個人」的な価値観を重視する運動をホダセヴィチは許容しなかった。

訳出部分のうち、前半部の「賢者の石」とは中世の錬金術師が追い求めた、万病を治し、鉛を金に変える石。後半部、コンスタンチン・バリモント（一八六七―一九四二）は、ロシア前期象徴派の大詩人。『太陽のようになろう』（一九〇三年）は、彼の第六詩集で代表作の一つ。モデスト・ドゥルノフ（一八六七―一九二八）は画家で、肖像画「パリのバリモント」で知られる。末尾近くの詩は、ブリューソフの詩「黄金」（一八九九年）からの引用。

「2．革命下のモスクワ」

覚書「自身について О себе」は、ベルリンの雑誌『新しいロシアの図書』一九二二年七号に掲載。前半部、ユルギス・カジミーロヴィチ・バルトルシャイティス（一八七三―一九四四）と、ヴャチェスラフ・イワーノヴィチ・イワーノフ（一八六六―一九四九）はともに、帝政時代から高名だった象徴派詩人。

中段、「世界文学出版所」は、諸民族の文学作品の刊行を目的として、ゴーリキーの肝煎りで一九一九年に設立された国立出版所。書店でレジ係をした「私の妻」とは、ホダセヴィチの二番目の妻アンナのこと（後段、図書管理部での秘書を務めた「妻」も同様）。

後半部、P・P・（パーヴェル・パヴロヴィチ・）ムラートフ（一八八一―一九五〇）は美術評論家・出版人・小説家。若き日のホダセヴィチの道ならぬ恋の相手は、当時ムラートフの最初の妻だったエヴゲーニヤ・ムラートワだが、奇妙にも、詩人とムラートフの友情はその後も維持された。

「ヨーロッパにではなく台所に向けてくりぬかれた窓」とは、プーシキンの物語詩『青銅の騎士』（一八三三―三七年）を踏まえた表現。帝都ペテルブルクを「ヨーロッパへの窓」と形容する、この物語詩の一節は有名。「一部屋に三人暮らし」とは、詩人、妻アンナ、アンナの連れ子を指す。家政婦を雇う金が尽きたという「降誕祭」（クリスマスに相当）は、新暦一月七日。「レピョーシカ」は、小麦粉などで作る平たくて丸いパンの一種。

末尾、「モスクワ市庁の図書管理部」は、帝政時代のモスクワで検閲などを担当した部局を革命後に改組したもので、革命前の業務（新刊書の登録と、国立図書館への配分）のほか、新たな業務として印刷所（全て国有化）への用紙の配分も担当した。ホダセヴィチは部長の職を、旧師ワレリー・ブリューソフから引き継いだ。当時、図書管理部は直接の検閲機能は失っていたが（改組に伴いホダセヴィチが退任した後の一九二一年末に復活）、用紙の配分により実質的な検閲を行うことは可能であり、作家であるホダセヴィチにとって部長職は気苦労が多かった。

「3．革命下のペテルブルクと『芸術会館』」

回想記「『ディスク』«Диск»」は、パリの亡命ロシア人向け新聞『ルネサンス Возрождение』一九三九年七日および一四日号に掲載。「ディスク」とは、ペテルブルクの「芸術会館 Дом искусств」（一九一九―二二）の愛称。ロシア語の頭文字をとった略称だが、半円形の特徴的なファサードゆえの愛称（円盤《ディスク》）でもある。新首都モスクワでの繁忙を逃れて、首都の座を失ったペテルブルクに移ったホダセヴィチは、この「会館」に入居して詩作の絶頂期を迎える。

二段落目の末尾、「アレクサンドロフスキー公園」と「青橋」はともに中心街に位置する（通常は、ナイチンゲールが鳴くのは郊外の森）。

末尾、グリゴーリー・ジノヴィエフ（一八八三―一九三六）はボリシェヴィキの革命家・政治家で、当時はペテルブルクの行政責任者。革命後の当地にゴーリキーの発案で設立された「芸術会館」は、ジノヴィエフの指示で廃止された。しかし、この施設は居住者や訪問者の顔ぶれから伝説的な存在となり、一九二〇代初頭のベルリンでは退避中のロシア人作家（ベールイら）によって同名の文化組織（建物はなく、主にカフェで活動）が作られるほどであった。

# 解説　ヴラジスラフ・ホダセヴィチ――人と作品

本書は、帝政ロシアに生まれてロシア革命を機に西欧に亡命したロシア語詩人であり、文芸評論家でもあるヴラジスラフ・フェリツィアーノヴィチ・ホダセヴィチ Владислав Фелицианович Ходасевич（一八八六－一九三九、ラテン文字に姓を翻字すれば Khodasevich）の詩を精選して翻訳し、注釈をつけたものである。補遺として、彼の著した回想記から時代の雰囲気をよく伝える三篇を選び、抜粋で掲げた。

本邦ではホダセヴィチの本格的な紹介は、これが初めてとなる。ロシア文学史に占める彼の意義にくわえ、つややかな言語表現、深い哲学的洞察、神業といってよい詩作技法を考えれば、この詩人はもっと早くに翻訳されるべきであった。だが、戦争と革命に動揺するロシアにあって個人の自由を擁護し、ロシア文学の未来を思いながら言葉を紡いだ彼の作品は、没後八十余年を経た今、再評価に最もふさわしい時を迎えているともいえよう。

ホダセヴィチは一八八六年露暦五月一六日、モスクワの中心街である「侍従小路《カメルゲールスキー・ペレウーロク》」に生まれた。農奴解放の敢行にもかかわらず急進左翼勢力に暗殺された父帝の教訓から強権政治に回帰するアレクサンドル三世の統治下で、ロマノフ朝帝政ロシアが最後の澱んだ政治的無風と経済的安定を享受するという、チェーホフの描いたあの「一八八〇年代」のただ中である。

詩人は六人の兄弟姉妹のうち、ひとり歳の離れた末子であった。そして、彼はロシアに生まれ育ちながら、ロシア民族の血を引いていない。父親フェリツィアンはポーランドの士族《シュラフタ》の末裔であり、青年期にロシアに渡り画家を志すが、結局は断念していったん写真家となった後、詩人の出生当時はロシアではまだ珍しかった写真用品店をモスクワの中心街で営んでいた。母親ソフィアはユダヤ人であり、著名なジャーナリストのヤーコフ・ブラフマン（一八二五？－一八七九。ロシア正教に改宗してユダヤ人社会の旧弊を糾弾し物議を醸す）を父に持つが、何らかの事情で本来の家庭の外で育ち、その際にカトリックに改宗した。詩人が幼い頃のホダセヴィチ家は、訛りのないモスクワ流のロシア語に加え、ポーランド語も会話に用いる家庭であった。

ホダセヴィチの出自については、もう一つ注意を払わねばならない。彼の血筋は父系・母系とも、当時のロシアでは虐げられた民族のものである。ポーランド王国は一八世紀後半の周辺国の侵略「ポーランド分割」で消滅し、第一次大戦後の独立回復まで国土の東部などがロシアに支配・併合されていた。また、比較的寛容な受入政策をユダヤ人が享受していたポーランド王国が消滅すると、彼らの多くは国土とともにロシア帝国に編入される。詩人の誕生より少し前の一八八〇年の統計では、全世界のユダヤ人千二百万人のうち、ほぼ半数がロシア在住だった。ロシアでのユダヤ人の待遇は苛烈であり、彼らは居住地域の制限などの公的差別のほか、主な居住地である帝国南西部では民衆レベルによるポグロム（ユダヤ人への集団的暴力行為を指すこの語は、元々は「破壊」を表すロシア語である）に耐えねばならなかった。確かに、ホダセヴィチの育ったモスクワではポグロムは身近な事件とはいえないが、しかし、それがロシア国内で最も頻繁に発生したのは、彼の思春期にあたる一九世紀末なのである。

そうした経緯から、ホダセヴィチは自身の民族的出自を強く意識して生きるのであり、成長後はユダヤ系ロシア人の文学者らと親密な交友をもつほか、ポーランド語あるいはヘブライ語詩人の作品をロシア語に翻訳する事業にも、ヘブライ語話者の下訳の助けを借りて参画している。

ただし、一見奇妙なのだが、ホダセヴィチはロシアに対して複雑な思いを抱く一方で、ロシア文化を深く愛し、文学者としての自己をはっきりとロシア文化の担い手とみなしていた。収録詩篇「母ではなく、トゥーラの農婦の……」にもあるように、彼はロシアを「愛して呪」ったのである。彼の私的な書簡には出自をめぐる鬱屈が時おり顔をのぞかせるが、公刊詩篇などの公的な文筆活動でそうした鬱屈があからさまに記されることはなく、まれに気配をうかがわせる程度である。ホダセヴィチにとってユダヤやポーランドの文化と、ロシア文化はひとしく貴重なのであり、それゆえに彼はロシア語を表現手段としてロシア文学に生涯を捧げる道を、躊躇なく選ぶことができた。

なぜ、ホダセヴィチは民族間の憎悪の深みにはまることなく、ロシア文化への愛情を保ちえたのだろうか。多数者に迎合してロシア社会を楽に生きようとする処世術が理由ではないのは、明らかである。もしそう仮定するなら、ロシア革命を機に故国を離れた彼が、亡命先でロシア文化の断絶への危惧をますます深め、次世代へのその継承を訴える論陣を張ったという事実の説明がつかない。ロシア文化への彼の愛着を説明できそうな要因の一つは、最も習熟する言語がロシア語だったということであり、確かに、韻律や脚韻などの作詩技法をとりわけ重視する彼の場合、特性を熟知する言語以外で詩を書くという選択肢は無かったはずである。だが、彼が積極的にロシアへのわだかまりを乗り越え、その文化を強烈に愛そうとまでした理由の全てを、それだけに帰すのは無理だろう。そもそも、彼はもし望むなら、ロシア語を用いつつ内容はロシアと関わりの薄い詩を書くこともできたはずなのだが、実際は、そうしなかった。

だとすれば、考えられる要因として最も妥当なのは、ホダセヴィチ文学の核心が「個人の尊厳」にあるという点だろう。つまり、彼が詩や各種著作の中でロシアについて触れるとき、その関心は国家や、政治上の集合体としてのロシアではなく、そこに生きる個々の人間──つまり、戦火や革命を生き抜く市井の人や、詩人自身もふくめ筆ひとつで物理的な逆境や政治的弾圧に抗おうとする文学者の生き方にある。このような関心から個々人の生き方を見つめようとするホダセヴィチにとって、世紀の変わり目から革命前後までの激しく動揺するロシアは、極めて興味深い登場人物にあふれる舞台にほかならず、そして、そのさい詩人にとって重要だったのは彼ら登場人物の人間性であって、その民族的属性はほぼ無意味だった。

人間個人への関心を全ての上位に置くホダセヴィチの文学観の確立は生涯の最初期、すなわち出生時の生命の危機と、乳母エレーナ・クジナの献身にさかのぼる。詩人は未熟児として生まれ、当初は舌の腫瘤で授乳も困難だったために乳母のなり手が見つからなかった。育たないから時間の無駄だと、皆が断ってしまう。ただ一人この役割を引き受けたのが、モスクワ南方トゥーラ県（詩人の父親が以前トゥーラ市で写真館を経営したという地縁がある）の農婦クジナであった。クジナの懸命の看護で詩人は一命をとりとめるが、乳母を頼まれる以上、彼女にも自分の乳飲み子がいた。この子供は詩人の看護が始まると養育院に預けられ、そのまま命を落としてしまう（当時のロシアの乳幼児向け養育院は、劣悪な環境で悪名高かった）。悲劇はやがてホダセヴィチの知るところとなり、彼は自分の身代わりとなって死んだ子供の存在を意識しながら生きるようになる。

幼少期のホダセヴィチはさらにもう一度、死の瀬戸際に立つ。自宅内のクジナの部屋で遊んでいた彼は、一階とはいえ高さのある窓から誤って中庭に転落し、奇跡的に怪我は免れるものの、落ちながら見た上下転倒する世界は、忘れえぬ異様な光景として彼の脳裏に刻まれた。クジナは直ちに近所の礼拝堂に詩人を連れて赴くのだが、彼女の涙と感謝の祈りに、幼い詩人はまたしても、自分が生きていることの不思議を思わずにはいられなかった。人の命は儚いゆえに貴重なのだということ、人はしばしば他人の犠牲のうえに生きていること、そして、人は時として他人のために敢えて身を捧げること――ホダセヴィチは幼くしてこれらを実体験として学ぶのであり、その結果、人間への強い興味が彼のうちに自ずと定着した。なお、ホダセヴィチの生涯はその後も結核性カリエスや重症皮膚炎など病の連続であり、彼は命の貴重さを絶えず反芻することになる。

　多感な年頃を迎えたホダセヴィチは、名門のモスクワ第三古典中等学校《クラシーチェスカヤ・ギムナジヤ》（彼の在籍当時は古典ギリシア語やラテン語など古典的教養教育に注力する学校だった）に学ぶのだが、同校での友人には、アレクサンドル・ブリューソフ（一八八五－一九六六。後述の大詩人ワレリー・ブリューソフの弟）や、後の象徴派詩人ヴィクトル・ゴフマン（一八八四－

一九一二）がいた。一九〇四年秋、ホダセヴィチはモスクワ大学法学部に入学する。そして、この直後にロシア前期象徴派の指導者である詩人ワレリー・ブリューソフに招かれて、象徴派の文芸談話会「水曜会《スレダー》」に加入したことが、彼の人生を決定づけた。本格的に詩作に着手したホダセヴィチは、翌年には最初の作品を発表して詩壇へのデビューを果たし、以後、ロシア象徴派の雑誌『金羊毛《ゾロトーエ・ルノー》』や『峠《ペレヴァル》』に精力的に寄稿する。本書に収録した作品では、最初の二篇（「受動態」と「欠落」）が象徴主義色の濃厚な作品である。

ただし、これは軽視されがちなのであえて強調しておきたいが、ホダセヴィチをロシア象徴派の本流とされる詩人たちと同列に扱うことはできない。なぜなら、象徴主義運動の中心部分を彼が担うことは結局、一度もなかったからである。彼が詩壇に立った時点で同派はすでに終焉に近づいており、つまり彼は明らかに〝遅れてきた象徴派詩人〟だった。

フランスのそれに倣い一八九〇年代に始まったロシア象徴主義運動は、首都ペテルブルクでのドミトリー・メレシコフスキーの詩集『象徴』（一八九二年）、モスクワではコンスタンチン・バリモントの詩集『北国の空の下で』(一八九四年)、ブリューソフらの詩文集『ロシア象徴主義者』(一八九四‐九五)等に先導され、たちまち文壇を席巻する。小説が中心だった一九世紀後半のロシア文学から一転して詩のジャンルに軸足を置き、奔放な幻想や、めくるめく南方の異国の情景を描いた象徴主義運動は批評家や読者大衆を驚かせ、当初は悪意から「デカダン派」とも呼ばれた(今日では「前期象徴派」が呼称として一般的である)。だが、その結果としてロシア詩は、プーシキンらの「黄金時代」に続く第二の興隆期「銀の時代」を迎えるのである。

一九〇〇年代初頭には、ロシア象徴主義運動は哲学者ヴラジーミル・ソロヴィヨフの影響のもと、神秘性や宗教性に活路を求めて変容する(「後期象徴派」)。アレクサンドル・ブロークとアンドレイ・ベールイという巨星を擁して文学史に多大なる足跡を残す後期象徴派だが、その命脈もやがては尽きる。騒然としてゆく社会情勢を受け(「血の日曜日事件」で首都ペテルブルクの市民多数が帝政当局の軍部隊により殺害され、世情が一気に不穏になるのは、ホダセヴィチが詩壇に立つ前後の一九〇五年である)、あるいは長期にわたる活動で内的エネルギーを使い果たし、一九一〇年代に入ると象徴主義運動そのものが収束して、同派の詩人らは新たな主題と活動領域を求めて、各々の道へと散開していった。

詩風の上で象徴主義に染まりきれなかったことは、結果的にはホダセヴィチにとって幸運だった。柔軟な発想力や精彩ある表現など、詩人としての技術の基本を象徴派に学びながらも、幼児期から育んだ自らのテーマを見失わずにすんだからである。ホダセヴィチ詩において主たる関心の所在は、現実世界の背後に存在するという象徴派的な妖しき別世界ではないし、人が地上のしがらみと個人の殻を脱ぎ捨てて巨大なその別世界に融合してゆく快感でもない。ホダセヴィチが痛切な愛情とともに詩で語ろうとしたのは現実の地平で展開される個人のドラマ、小さな一個人の内奥である。

象徴派が瓦解した後、ホダセヴィチは、ベールイやゴーリキーら文壇の大物たちと交流しつつも、特定の流派（象徴派の曖昧模糊とした夢幻に反発し石造建築のごとき確固とした詩的表現を目指したアクメイズム、あるいは芸術の革命をめざし前衛《アヴァンギャルド》芸術運動を展開した未来派など）に深く関与せずに、作風上の孤高を保ちつづけた。彼自身の回想記には次のようにある――「私と、さらに若いツヴェターエワは、象徴主義を離れた後は何者にもつくことなく、ずっと孤立して〝野良〟のままだった。そのため、文学史家やアンソロジーの編者らは、私たちをどこに押し込めばよいのか分からないのだ」（回想記「幼年時代――自伝断章」、本書には収録せず）。要するに、ホダセヴィチは流派や運動から育った詩人ではなく、いわば出生の時点から自らの創作のテーマを抱え、生涯それを追究するタイプの詩人だったのである。

第一詩集『青春』刊行（一九〇八年）の前後から第二詩集『幸ある家』刊行（一九一四年）までの約七年間は、ホダセヴィチにとって象徴主義に代わる、独自の詩風を模索する苦吟の時代であるとともに、最初の妻マリーナ・ルィンジナとの結婚生活の破綻（なお、詩人は生涯で四度結婚するが実子は生まれない）や、夫ある女性エヴゲーニヤ・ムラートワとの短い恋、両親の急死など、実生活でも悩みと迷いの多い時期であった。この危機を乗り越えるために彼は古典文学に心の平穏を求め、一九世紀前半の「ロシア詩の黄金時代」前後の文学作品を読み込んだほか、生計維持の目的もあってポーランド詩など外国詩の翻訳にも取り組んだ。とくに近代ロシア文学の祖であるプーシキンの詩に彼は魅了され、その均整と明快さ、言葉の精密な選択を自身の新詩風の一つの範とするに至る。なお、プーシキンもまた異民族の血を引く詩人（曽祖父がアフリカ出身）であることを、おそらくホダセヴィチは意識していたであろう。

くわえて実生活でも、アンナ・チュルコワとの再婚、同年代のユダヤ系詩人サムイル・キッシン（一八八五－一九一六。サムイルの愛称形である筆名「ムニ」でも知られた、モスクワの群小詩人のひとり）との交友が支えとなり、ホダセヴィチは徐々に苦吟を脱してゆく。ただし、一九一四年に第一次世界大戦が勃発すると、キッシンは衛生官吏として徴用された末（ユダヤ人のため軍人の職位は与えられなかった）、戦争の悲惨さに耐えられずにミンスクで自殺してしまう。心優しいこの親友の死は、ホダセヴィチに生涯癒されぬ痛手を与えることになった。クジナの実子に続いて、詩人はまたしても、自分を救ってくれた人を失ってしまったのだ。

第一次大戦でロシア帝国軍は、連合国側として参戦したにもかかわらず連戦連敗となる。皇帝ニコライ二世の失政もあいまってロマノフ朝は決定的に人心を失い、一九一七年にはロシア革命が勃発した。皇帝の退位（二月革命）、臨時政府の短い統治を経て、十月革命ではレーニン率いる強硬派のボリシェヴィキが権力を掌握して、ソビエト政権が樹立されたのである。発足直後のソビエト政権は、単独で講和条約に調印して世界大戦から離脱するが、その後も帝政支持勢力や外国の干渉軍との戦争状態にあり、市民は配給制の窮乏生活（戦時共産主義）に耐えねばならなかった。内戦が収束し、新経済政策《ネップ》の奏功により市民の困窮が和らぐのは、正式にソビエト連邦が発足する一九二二年になってからである。

混乱の時代の到来は、ホダセヴィチにとって約十年にわたる詩人としての全盛期の始まりでもあった。第三詩集『穀粒の道を』（一九二〇年刊）と第四詩集『重い竪琴』（一九二二―二三年刊）の収録詩篇でホダセヴィチは、キッシンを失った悲しみに向き合いつつ、大戦とロシア革命という、流血を伴う政治的な大転変への陶酔を避け、もっぱら、苦難を生き抜く小さな個人の自由と尊厳について語っている。厳しい窮乏生活のなかでも市民は人間性を保ちうるのか、そして徐々に強化される言論統制のもと詩人は創作の自由を守りきれるのか。本書に収録の詩「音楽」や「曲芸師」は、そうした問いに答える傑作である。

当初はロシア革命を宥和的に受け入れようとしたホダセヴィチは、新たに首都となったモスクワで新政権の文化行政に参画して、文筆家たちの生活を守るために奔走する。その過程で彼は、ソビエト政権に影響力をもつ作家マクシム・ゴーリキーと親密にもなる。しかし、プーシキン以来の文化的伝統の継承と穏やかな発展を支持するホダセヴィチにとって、伝統の破壊的革新を唱える革命運動には元々共感できる部分は少なく、また、出生以来の彼の信念である、生命の尊重そして暴力の嫌悪も、新体制とは相いれないものだった。

一九二〇年末、間断なく押し寄せる行政実務に疲弊したホダセヴィチはゴーリキーの勧めもあり、詩作に集中するため、首都の座を失って閑散とするペテルブルク（当時ペトログラード。この地名の変遷について詳細は、本書「作品注解」冒頭、および詩「ペテルブルク」注解を参照）に移住するのだが、この新天地での僅か一年半が、彼の詩作の絶頂期となった。この地でホダセヴィチは中心街の作家アパート「芸術会館」に住み、静寂と適度な孤独を享受しながら、そして新進の女性作家ニーナ・ベルベロワ（一九〇一－九三）との運命的な出会いにも詩想を得て、爆発的なペースで詩を書いている（詩集『重い竪琴』は、主にこの時期の作品からなる）。

本書で最も多くを採録したのは、これらのペテルブルク詩篇である。そこでは、大戦勃発以来の六年間の体験が咀嚼され、磨き抜かれた思考の結晶となる。しばしば夢のように美しい情景が描かれるが、それはもはや象徴詩のような幻ではなく、目の前に実在する映像だ（収録詩篇「三月」、「秘められた幻力の覆いを……」等々）。死と困窮の時代にも夢は確かに存在する、だから諦めてはいけないのだと、ホダセヴィチは力強く語るのである。なお、彼の住んだ「芸術会館」というのは、ニコライ・グミリョフやオーシプ・マンデリシタームら錚々たる詩人・文筆家が住み、ペテルブルクの自由な文芸の最後の拠点となったことで知られる施設である（詳細は、本書「補遺」の回想記を参照）。

だが、至福の時は長くは続かず、故国の大地との永遠の別れがやってくる。ホダセヴィチは一九二二年六月末、取材名目で当局から取得した旅券を手に、ベルベロワを「助手」として伴い、前触れなくソビエト・ロシアを出国した。彼の決断の動機は、妻アンナとのこじれた関係を清算すると同時に、日々強まるボリシェヴィキ政権の桎梏をかわし、創作活動の自由を確保することにあった。自由闊達なペテルブルク詩壇の最後の砦として彼の慕った詩人ブロークが心労と困窮の末に病死し、アパートの隣人でもあるグミリョフが革命後の最初期の大規模な言論弾圧（タガンツェフ事件）に連座して処刑されたのは、ともに一九二一年八月である。文壇が急速に不穏の度を増すなかで、実生活上の庇護者だったゴーリキーまで一時的亡命に追い込まれ（一九二一年十月）、ホダセヴィチもわが身に迫る危険を意識するようになる。それまで献身的に詩人に尽くしていたアンナが出国を拒否するという袋小路の状況の下、自由への渇望は禁じられた恋の情熱と合一し、詩人は新たな伴侶ベルベロワと共に故国を脱出した。

ベルリンに到着した詩人は、ドイツ国内の周辺諸都市にも逗留しながら、約一年半、この地で文筆活動を継続した。この間、先にベルリンに来ていたゴーリキーや、象徴派時代の盟友ベールイとの再会を喜び、亡命文壇史に名を刻む雑誌『対話《ベセーダ》』をこの二人らと共同で編集した。まだソビエトとの往来が比較的自由だった当時のベルリンは、有利な為替レートによる生活上の恩恵もあり、革命の混乱を嫌うロシア人にとって欧州最大の一時避難場所（ロシア人避難民数でトルコに匹敵）となっていた。ホダセヴィチも出国当初のこの時点では、故国を永久に離れる覚悟まではしていない。ソビエト体制に対するホダセヴィチの不信は強烈だったため（ほどなく故国に戻ったベールイとは、帰国の動機をめぐり送別会で口論・絶交している）、帰国の実現する可能性は元々わずかではあった。ただ、彼が最終的に帰国を断念して「亡命者」としての身分を確定させるのは、後述のソ連当局による旅券更新拒否の結果であり、それまでの彼は法的には、国外滞在者とも亡命者ともつかぬ曖昧な立場にあった。

ルール占領事件を契機にドイツの超絶インフレが勃発すると、最大で二十万人を数えたともいわれるベルリンのロシア人社会は、ほぼ霧消してしまう。ホダセヴィチも一九二三年一一月にベルリンを去り、以後一年半にわたりベルベロワを伴い、プラハを皮切りに欧州各地を転々とした。プラハで詩人は、ゴーリキーのほか、詩人マリーナ・ツヴェターエワや言語学者ロマン・ヤコブソンなど著名なロシア人亡命者と交流をもつが、現地の亡命ロシア人社会の大勢とは馴染めなかった。数か月で彼はウィーンに移り、その後は最長でも数か月という慌しさで各地を放浪した末、最後はナポリ湾を望むソレントのゴーリキー邸に身を寄せている。南欧での恩人一家との日々は久方ぶりの安らぎを詩人に恵みはしたが、皮肉にもその結果、彼は恒久的亡命を決定づける事件に巻き込まれてしまう。

当時、ソビエト連邦は、いったん放逐したゴーリキーを再び国内に迎え入れ、社会主義文学のシンボルとして復権させる方針を固めていた。これに伴い、ソビエト体制に批判的な文芸・政治評論を発表しながらゴーリキーと親しく交際するホダセヴィチの存在は、ソ連当局にとって重大な懸念材料となった。一方、ホダセヴィチは、ナンセン旅券（国際連盟の発行した無国籍難民のための身分証明書）を取得済みだったものの、国籍と帰国可能性を完全に失うのは望まずに、ソビエト旅券の有効期限更新を願い出る。これに対し、在ローマのソビエト連邦代表部は申請を却下して、即時帰国を要求した。安全な帰国がもはや不可能だと悟ったホダセヴィチは一九二五年の春、欧州放浪に終止符を打ち、定住の決意と共にパリに向かった。その後ゴーリキーとは何度か手紙が交わされるが、ソビエト体制の評価をめぐり論争となり、友情は途切れてしまう。

パリは当時、ベルリンに代わって欧州最大のロシア人居住地となっていた。ただし、もはや一時的な避難地というよりは、定住地なのであった。パリに着いたホダセヴィチは、市内と近郊（彫刻家ロダンをはじめ芸術家に愛されたムードンや、ベルサイユに近い閑静な住宅地シャヴィル）をベルベロワとともに転々としながら詩作を続け、一九二七年秋、出国以来の詩をまとめた第五詩集、かつ最後の自選詩集となる『ヨーロッパの夜』を、パリの亡命ロシア人向け出版社から上梓した。なお、その際にこの詩集は単独では刊行されず、『穀粒の道を』以降のロシア時代の作品も併録する『ヴラジスラフ・ホダセヴィチ詩集』の最終章という形をとる。

亡命地である欧州の精神風土に、ホダセヴィチは適合できなかった。亡命期のホダセヴィチの詩作を一言で形容するなら、それは詩集の書名『ヨーロッパの夜』が物語るとおり、欧州の〝暗闇〟との絶えざる苦闘にほかならない。自らの存立の危機を痛切な筆致で描くホダセヴィチの亡命詩篇には傑作や秀作が多いのだが、ただ、亡命地との本質的な不適合に苦しみながら書き続けるこの執筆様態は、いうなれば、流星が自壊の閃光を放ちながら燃えつきてゆく過程を思わせた。

詩人の苦悩の根本的な原因は、亡命生活の物理的な厳しさや言語の問題（古典中等学校時代にドイツ語やフランス語を習ったとはいえ、自由に会話できるほどではなかった）にもまして、ロシア時代に開拓してきた自らの詩風が、大戦後のヨーロッパの世情とかけ離れているという点にあった。それまでホダセヴィチは、単なる日々の感興から筆を執っていたのではなく、革命ロシアという特別な状況の下、ある強烈な目的意識によって詩を書いていた。つまり、極度の社会混乱の中で彼が詩作によって試みたのは、配給食糧で辛うじて命をつなぐ人々に希望をささやき、生へと「誘惑」することだった（収録詩篇「ペテルブルク」で物語られるように）。

悄然として食糧の配給をただ待つことは、生きることを意味しない。生命は本来艶《つや》やかなものなのだから、極限状況の下でも自由に書き、語らい、愛すべきなのであり、そして、そのためには何よりもまず、斃れることなく生き抜かねばならない――ホダセヴィチの革命下ロシア詩篇を特徴づけるのはこの力強いメッセージであり（ちなみに、当時の彼が詩作で最も愛用した一語は、苦難を「突き抜ける《スクヴォージ》」という前置詞だ）、そして、このような〝生への誘惑者〟としての思想を反映する彼のロシア詩篇は、出版資材が欠乏しようとも「芸術会館」で催される朗読会などを通じて市民や詩人仲間に直接届けられ、彼らの強い支持を獲得した。

ところが、詩人と読者をつなぐこの濃密な関係は、国境の外側には存在しなかった。大戦が終わって間もないベルリンやパリでは、ロシアからの移民も含めて大半の人々が待望の平和に酔い、死の影が迫る中で生の意味を反芻した記憶は、もはや過去のトラウマにすぎない。明日も自分が生きていることを疑わない人々は、生への励ましなど求めていなかった。ホダセヴィチは、「深夜の頽廃」(収録詩篇「ベルリン的」)に沸く都会の表情からすぐにそれを理解して、自分の詩が新天地で受容されないことを悟ったのである。

詩人の苦闘と自壊の細密画であるベルリン詩篇に続いて、パリに移った後のホダセヴィチの詩では、傷病者や破産者など、社会から取り残された人々が好んで描かれるようになる。詩作からの撤退直前の詩群に共通するこの作風は、彼本来の〝詩の言葉〟を回復するための、最後の試みだった。平穏な欧州では、生存の危機にある少数の人々だけが生きる意味を真に問い、切実に希望を求めているに違いなく、したがって自分の詩が最も力となりうるのは彼らなのだと、詩人は考えたのである。詩人の思いを靴音に託す詩「悪天候の冬の日を突き抜けて……」(本書に収録)は、この試みの終着点というべき傑作である。

とはいえ、帰国の可能性が閉ざされた心理的重圧と、重い皮膚炎という悪条件の中で、欧州との精神的齟齬《そご》を完全に乗り越えるような新詩風を一から開拓するだけの爆発的なエネルギーは、詩人にはもう残っていなかった。そもそも、厳格な作詩法(韻律と脚韻)の規則が存在するロシア詩というものは、並外れた集中と、心身の充実を詩人に要求する。ホダセヴィチは詩集『ヨーロッパの夜』刊行からほどなくして事実上、詩作の筆を折ってしまう。

時おり気晴らしに書いてみる、多くは滑稽な内容の詩を別にすれば、実質的には詩作から退いたホダセヴィチは、パリ近郊の当時の工場街ビヤンクールに転居して、没するまでの十年余をそこで過ごした。この街には大戦間期の復興需要を支える労働力としてフランスに受け入れられたロシア人亡命者たちが、集住していた。知識階層に属する亡命者の職探しは困難を伴ったが、ホダセヴィチは幸いにも亡命ロシア人向け新聞『ルネサンス』で文芸主筆に相当するポストを得て、比較的安定した収入を得るとともに、亡命ロシア文壇の重鎮的な批評家としての地位を固めてゆく。すなわち彼は、膨大な数の文芸評論、評伝、回想記を執筆して、ロシア文学の遺産を次世代へと伝える営みに没頭した。

本国と亡命地に分断されて危機に瀕するロシア文学を、未来に向けて一つにつなぎとめる「堅固な継ぎ輪」(収録詩篇「記念碑」)となることが、彼の最後の生きがいだった。ロシア文学・文化の行く末をめぐる批評や論考(これについては、一八九二年生まれで亡命ロシア詩壇の若年世代、いわゆる「パリ調」詩人のリーダー格として、伝統継承よりは自由な個性の発露を重視した詩人ゲオルギー・アダモヴィチとの長年の論争が知られる)、プーシキンに関する多数の論考、プーシキン以前のロシアの大詩人デルジャーヴィンの本格的評伝、交友のあったロシアの大作家らを偲ぶ回想記の数々(その一部は、後に回想記集『死者の街《ネクローポリ》』にまとめられる)が、ホダセヴィチ晩年の主要な散文作品である。

なお、彼は小説・戯曲など、フィクション性の強い散文はほとんど残していないのだが、ほぼ唯一の例外は、後に世界的名声を博すことになる年下の亡命ロシア人作家ヴラジーミル・ナボコフ（一八九九－一九七七）を意識して、あるいは彼への励ましとして書かれたとみられる、架空の詩人の短い評伝「ワシリー・トラヴニコフの生涯」（一九三六年発表）である。

詩作から退いてしばらく経つ頃、事実婚ながら三度目の妻として出国後の詩人を支えていたベルベロワが、家を出てしまう。ただし、ほどなくしてユダヤ人女性オリガ・マルゴリナと結婚した後も、ベルベロワとの友情は維持された。また、ホダセヴィチは、ナボコフとは一九三二年以降に盟友関係となり、後者がナチス支配下のベルリンを逃れて同じパリに移住してきてからは、とりわけ親密に交際した。ホダセヴィチの詩を愛したナボコフは、自身の小説『賜物』の英語版への序文（一九六二年）で彼を、「二十世紀の生んだ最大のロシア詩人」と呼んでいる。

一九三九年、回想記集『死者の街』が刊行をみた直後の六月一四日、ホダセヴィチは肝癌の悪化により死去し、ビヤンクールの墓地に埋葬された。数百人が参列した葬儀には、社交嫌いと目されていたナボコフの姿もあった。翌年にはパリはナチス・ドイツに占領され、最後の妻オリガもアウシュヴィッツに送られて命を落としたが、詩人の遺稿を保管して滅却から救ったのはベルベロワであった（彼女は戦後に米国に移住し、詩人の遺稿はイェール大学等、米国の大学に寄贈された）。一方、故国ソ連ではホダセヴィチは長らく禁書とされ、詩集などの刊行は国外に限られた。故国で彼が再評価されるのは、ソ連末期のペレストロイカ以降である。

＊この「解説」および「作品注解」の内容は、執筆者自身による下記のホダセヴィチ関連論文と一部重複する。欧文の典拠などは、ウェブ公開されている各誌レポジトリ内の拙論を参照されたい。

・街路と恋の「結合」―― ホダセヴィチ『重い竪琴』とブリューソフ（『SLAVISTIKA』二五号、二〇一〇年）

・苦難の時を突き抜けて ―― 亡命期ホダセヴィチ詩篇の軌跡（『駒澤大学 外国語

論集』一八号、二〇一五年）
・大戦と革命の試練の下で――V・F・ホダセヴィチ盛期モスクワ詩篇をめぐって（『駒澤大学 外国語論集』二一号、二〇一六年）
・詩人の誕生――若きホダセヴィチと初期詩篇（『駒澤大学 外国語論集』二六号、二〇一九年）
・細い綱のうえで――詩集『幸ある家』時代のホダセヴィチ（『駒澤大学 総合教育研究部紀要』一六号、二〇二二年）
・配給生活下の微笑――ホダセヴィチ「ペテルブルク詩篇」の描く個人の尊厳（『駒澤大学 外国語論集』三三号、二〇二二年）
・手渡された灯火――亡命下のホダセヴィチとナボコフ（『駒澤大学 総合教育研究部紀要』一七号、二〇二三年）

# ホダセヴィチ年譜

**【　】**内は重要な社会的事件。

一八八六 —— 五月一六日（露暦。新暦二八日）、モスクワ中心街の侍従小路《カメルゲールスキー・ペレウーロク》で、写真用品店を営む家庭に生まれる。

一八九〇？ —— ボリショイ劇場でバレエを観て、熱烈なバレエ愛好家となる。

一八九二？ —— 詩作の楽しみを知る。

一八九六 —— モスクワ第三古典中等学校に入学。**【皇帝ニコライ二世の戴冠祝賀式典での大規模な群衆事故「ホディンカの悲劇」が発生】**

一九〇〇年代初頭 —— ロシア前期象徴派（デカダン派）を知る。

一九〇三 —— 父親の写真用品店の経営難を受け、モスクワ市内で弁護士業を営む兄ミハイルの家に身を寄せる。ミハイルの娘ワレンチナ（ワーリャ）・ホダセヴィチ（後の舞台美術家）との信頼関係が生まれる。

一九〇四――モスクワ大学法学部に入学（翌年に「歴史・文献学部」に転部ののち、学費未納による退学・復学を経て、一九一〇年に最終的に退学）。ワレリー・ブリューソフの率いる、モスクワの象徴主義運動に加わり、アンドレイ・ベールイと交流。【日露戦争（〜一九〇五）】

一九〇五――初めて詩が活字になる。文芸評論の発表を開始。マリーナ・ルィンジナと結婚。詩人サムイル・キッシン（筆名ムニ）と出会い、翌年から親友となる。【血の日曜日事件】

一九〇六――『金羊毛』誌に寄稿。『峠』誌の編集に参与。

一九〇七――年末に妻マリーナが気鋭の出版人セルゲイ・マコフスキーのもとに走り、最初の結婚が破綻。

一九〇八――二月、第一詩集『青春』を刊行。生計のためもあり、散文の翻訳（ポーランド語やフランス語から）や、文芸書（プーシキン作品集や、アンソロジーなど）の編集を始める。

一九一〇――夫のあるエヴゲーニヤ・ムラートワと恋愛関係になる。ルィンジナとの離婚が成立。結核に罹患。

一九一一——療養のため、ムラートワらを伴いイタリアを旅行。九月、母親ソフィヤが交通事故で死亡。一〇月、アンナ・チュルコワと同居。一一月、父親フェリツィアンが急死。

一九一三——アンナ・チュルコワと再婚。

一九一四——二月、第二詩集『幸ある家』を刊行。第一次世界大戦（～一九一八）が勃発し、キッシンが徴用される。

一九一六——脊椎カリエス（結核性脊椎炎）と診断される。三月、キッシンが自殺。六月、クリミアのコクテベリにある詩人ヴォローシンの邸宅で静養。結核の兆候は消失との診断。九月、モスクワに戻り、モスクワ川べりの半地下部屋に入居。

一九一七——ヘブライ語詩のロシア語への翻訳に携わる。【ロシア革命】

一九一八——ボリシェヴィキ政権の下級行政官として勤務（当初は兄ミハイルの世話で就職したモスクワ州労働人民委員部仲裁裁判所で労働行政に携わり、

夏以降は、モスクワ市庁や教育人民委員部で文化行政に携わる)。夏、書店「作家の本屋」の共同設立者となる。秋、プロレタリア文化協会で講義。一〇月、ゴーリキーと出会い、世界文学出版所のモスクワ支部長を任される(〜一九二〇年夏)。【首都機能がペテルブルク(当時ペトログラード。以下同じ)からモスクワに移転】

一九一九 —— モスクワ市庁の図書管理部長を兼任(〜一九二〇年六月末に組織改編により退任)。

一九二〇 —— 一月、第三詩集『穀粒の道を』を刊行。過労で入院。一一月、妻子(アンナとその連れ子)を伴いペテルブルクに転居。

一九二一 —— 一月、ペテルブルク中心部の芸術会館に入居。八〜九月、食糧難のため、ベリスコエ・ウスチエ(プスコフ州)の「会館」関連施設に避難。一一月、ペテルブルクの文芸サロンで新進の女性作家ニーナ・ベルベロワと出会う。【三月、統制経済を一時的に緩和する「新経済政策《ネップ》」の導入(奏功は一年後)。八月、ニコライ・グミリョフが反革命容疑で処

刑され、ブロークが病死。一〇月、ゴーリキーが一時的亡命に追い込まれる】

一九二二――六月、妻アンナを残し、三度目の妻（事実婚）となるベルベロワと共にソビエト体制下のロシアを去る（終生、帰国せず）。ベルリンに住む。ドイツ国内の保養地にも滞在。一二月、多数の誤植を含む第四詩集『重い竪琴』初版が、故国ロシアで国立出版局から刊行される（翌年にソ連で酷評される）。【一二月末、ソビエト連邦が正式に発足】

一九二三――ゴーリキー、ベールイ、シクロフスキーらと雑誌『対話《ベセーダ》』をベルリンで編集開始（同誌は一九二五年三月まで刊行）。一〇月、ソ連に戻るベールイと送別会で口論。一一月、ベルベロワと共にベルリンを去り、欧州放浪を開始。プラハ、マリエンバードに滞在。誤植や収録順などを直した詩集『重い竪琴』第二版が、出版人グルジェビンの協力でソ連とドイツで刊行される。【ドイツが経済破綻し、歴史的なハイパーインフレに陥る】

一九二四――ベルベロワと共に、ウィーン、ヴェネツィア、ローマ、トリノ、パリ、ロンドン、ベルファストに滞在。一〇月、ソレントのゴーリキーの邸宅に身を寄せる。

一九二五――四月、在ローマ・ソ連代表部によるパスポートの更新拒否を受け、ソレントを去ってパリに住む。八月、ゴーリキーとの文通を断つ。

一九二六――作家イワン・ブーニンとの交友が始まる。

一九二七――四月、詩人アダモヴィチとの長年の論争が始まる。八月、パリのロシア語新聞『ルネサンス』で文芸主筆に相当する立場を得る（月に二度のペースで終生、文芸欄に批評を連載）。秋、『ヴラジスラフ・ホダセヴィチ詩集』を刊行（『穀粒の道を』以降の詩集を順に収め、初出である最終章が事実上の第五詩集『ヨーロッパの夜』）。

一九二八――パリのロシア語新聞『最新ニュース』に詩人ゲオルギー・イワーノフによる、題名に反し悪意ある評論「ホダセヴィチを擁護する」が掲載される。秋、パリ近郊ビヤンクールに転居。

一九二九——評伝『デルジャーヴィン』の執筆に着手（一九三一年に全篇刊行）。詩作からほぼ撤退し、以後はもっぱら文芸評論家として活動。

一九三二——ベルベロワが家を出る。十月、ホダセヴィチは作家ナボコフと面会し、以後は親しく交友。

一九三三——オリガ・マルゴリナと四度目の結婚。

一九三九——回想記集『死者の街《ネクローポリ》』を刊行。六月一四日、肝癌のため五三歳でパリにて死去。ビヤンクールの墓地に埋葬される。

# 編訳者あとがき

ホダセヴィチに最初に興味を抱いたのは、三十年ほど前、大学院でロシア文学を専攻した頃になる。プーシキンを彷彿とさせる美しい詩文のうちに深い思索をつづって、ナボコフに激賞された詩人がいると聞き、スター作家だけでなく、その友達も知っておきたいというような、軽い気持ちで作品を読みはじめた。まだ自由の熱気に沸いていた新生ロシアで、彼の詩が本好きたちに猛烈に再評価されているという話も、多分に興味を後押しした。しかし、彼の詩は、当時の私のロシア語力では歯が立たなかった。

ホダセヴィチの詩は易しく見えるのだが、訳者にとってはそれが曲者で、この透きとおるような明快さは、テクストを正確に解釈しないと現れてこない。灼熱した素材を吹いて空中で成形するガラス工芸に似て、力んだり、我流に吹いたりすると、透明に仕上がらない。細部まで計算されつくした作品なので、一語でも不用意に訳すと、とたんに作品全体がぐにゃりと歪んで、理解不能になってしまうのだ。ホダセヴィチがわが国でほとんど認知されず、訳詩もなかなか出なかった一因は、そうした詩風にあるのだろう。

時を経て私が一人前のガラス職人になることができたのかは、読者の判断にゆだねたい。なお、ロシア詩の詩形規則、つまり「韻律」（アクセントの規則的配列によるリズム）と「脚韻」（行末の音を合わせること）は、訳文での再現が不可能だが、それら抜きでも輝きを失わないだけの地力を、ホダセヴィチの詩は持っている。また、特にこの詩人の場合は、時として評論や回想記などの散文も、詩にも劣らぬ不思議な暖気と透明感を放つので、私が気に入っている数篇を、抜粋ではあるが、補遺として収録した。

わが国初の本格的な詩人紹介なので、作品や時代背景、激動の生涯について詳しく解説した。ただ、詩の頁に騒音を持ち込まぬよう、巻末にまとめることにした。

ホダセヴィチを訳したいと初めて真剣に思ったのは、大学院を終え、文学のことをほぼ忘れて、ロシアの古都ペテルブルクの日本領事館に勤めていた時だ。疲弊して目覚めた零下二五度の晴れた朝、凍りつくように巨大な天使のかたちになった煙の塊

（収録した詩篇「音楽」で描かれる光景そのままだ）を窓から目にして、詩人の観察眼に驚くと同時に、彼の詩に書かれた夢やぬくもりはただの空想ではなく、本当に実在するのだと強く感じた。そして、無性に本が読みたくなった。

本書によって、この感覚を共にする方がおられるなら望外の幸せである。そして、今日のロシアでもなお、詩集の原書の頁を繰りながら、ホダセヴィチの愛した自由な精神に思いをはせる人々がいることを、私は信じている。

最後になるが、本書の刊行の機会をくださった三浦衛社長をはじめとする春風社のみなさま、詩人研究にふさわしい自由闊達な知的環境を賜った勤務先大学の同僚諸氏、本書の草稿に目をとおし的確な助言をくださったロシア文学者の竹内恵子氏に、心から感謝を申し上げる。

二〇二四年春　三好俊介

【著者】
ヴラジスラフ・ホダセヴィチ
（一八八六―一九三九）
モスクワ生まれ。父親はポーランド士族の末裔で、母親はユダヤ人だが、執筆言語はロシア語。象徴派詩人の一員として出発するが、ロシア革命前後の戦火と窮乏、言論弾圧のなかで、生への希望をうたって独自の詩風を確立。自由の希求と、暴力の嫌悪ゆえ、革命賛美の立場はとらなかった。後に亡命して、パリで没す。文芸評論の仕事も多い。ソ連では禁書とされたが、文学への愛情にあふれる知的な詩風は、ナボコフら高名な文学者にも高く評価された。

【編訳者】
三好俊介（みよし・しゅんすけ）
駒澤大学教授。博士（文学・東京大学）。
東京大学教養学科卒業、
同大学院人文社会系研究科修了。
専攻は一九〜二〇世紀ロシア詩。
ホダセヴィチ詩集――ロシア詩篇・亡命詩篇
二〇二四年五月二七日　初版発行
著者　ヴラジスラフ・ホダセヴィチ

編訳者　三好俊介《みよし しゅんすけ》

発行者　三浦衛

発行所　春風社　Shumpusha Publishing Co., Ltd.
横浜市西区紅葉ヶ丘五三　横浜市教育会館三階
〈電話〉〇四五・二六一・三一六八　〈FAX〉〇四五・二六一・三一六九
〈振替〉〇〇二〇〇・一・三七五二四
http://www.shumpu.com　✉ info@shumpu.com

装丁　矢萩多聞

印刷・製本　シナノ書籍印刷株式会社

乱丁・落丁本は送料小社負担でお取り替えいたします。

ISBN 978-4-86110-963-8 C0098 ¥3100E